Krusenstern, A.J. von

Woertersammlungen aus den Sprachen einiger Voelker des oestlichen Asiens

und der Nordwestkueste von Amerika

Krusenstern, A.J. von

Woertersammlungen aus den Sprachen einiger Voelker des oestlichen Asiens

und der Nordwestkueste von Amerika

Inktank publishing, 2018

www.inktank-publishing.com

ISBN/EAN: 9783750120204

Kruzenshtern, Ivan Fedorovich.

WÖRTER - SAMMLUNGEN

AUS DEN SPRACHEN

EINIGER VÖLKER

des

ÖSTLICHEN ASIENS

und

DER NORDWEST - KÜSTE VON AMERIKA.

Bekannt gemacht

von

A. J. v. KRUSENSTERN

Capitain der Russisch Kaiserlichen Marine.

St Petersburg.

Gedruckt in der Druckerey der Admiralität

1813.

In der Vorrede zum dritten Bande meiner Reisebeschreibung habe ich versprochen, die Sprachproben, welche sich in der Rufsischen Ausgabe meiner Reise befinden, auch in deutscher Sprache zu geben. Jetzt erfülle ich dieses Versprechen, und liefere selbst mehr, als ich versprochen habe. Freilich könnte ich wohl befürchten, man werde es sonderbar finden, in mir den Herausgeber einer Schrift zu sehen, deren Inhalt und Tendenz so wenig zu meinen gewöhnlichen Beschäftigungen pafst. Allein, ohne mich gerade der Sprachforschung zu widmen, sehe ich dennoch vollkommen die Wichtigkeit solcher Sammlungen ein, und der gröfste Theil der hier erscheinenden würde, ohne meine Herausgabe, wahrscheinlich noch lange dem deutschen Publikum vorenthalten bleiben.

Es sey mir erlaubt, einige Worte über diejenigen zu sagen, welche mir diese Sammlungen mitgetheilt haben.

Der Verfaser des Wörterbuchs der Ainos ist der nun verstorbne Lieutenant *Dawidoff*, von der Kaiserlichen Marine, ein junger Mann von seltnen Verdiensten. Sein Tod ist ein grofser Verlust für die Wissenschaft, aber ein noch gröfserer für die Menschheit. Der unglückliche Zustand der Bewohner der Aleutischen Inseln, und desjenigen Theils der Amerikanischen Küste, welcher unter dem Einflufse der Amerikanischen Compagnie steht, erregte von dem ersten Augenblicke an, da er die Verhältnifse der Compagnie zu diesen Volkern kennen lernte, seine lebhafteste Theilnahme, und bis zu dem Tage seines Todes war der Wunsch, etwas zur Erleichterung ihrer Lage beytragen zu können, der Gegenstand, mit welchem er sich am thätigsten beschäftigte. *Dawidoff* hatte mit *Chwostoff*, * Lieutenant von der Marine, zweimahl die Reise nach der Nordwest-Küste von Amerika gemacht. Kaum war er das erste Mahl nach St. Petersburg zurückgekommen, so sprach er laut von dem Mißbrauche der Gewalt, welche sich ein großer Theil der Beamten der Compagnie gegen die ihnen aus Demuth unterwürfig gewordenen Amerikaner erlaubten. Bis dahin ahnete man ihr trauriges Schicksal kaum; durch das günstige Urtheil *Vancouvers* verleitet wähnte man sogar, daß es sehr glücklich sey. Erst durch *Dawidoffs* Aussagen fing man an, auf einen Gegenstand aufmerksam zu werden, der trotz aller angewandten Künste nie ganz wird beschönigt werden können, am wenigsten unter der Regierung des humanen ALEXANDERS. Nach einem Aufenthalte von zwey Monaten verließ *Dawidoff* in Begleitung seines Freundes *Chwostoff* St. Petersburg, um die Küste von Amerika zum zweiten Mahle zu besuchen. Auf dieser Reise war es, daß ich ihn im Jahre 1805 in Kamtschatka antraf. Er theilte mir schon damahls eine Menge auffallender Fakta in Betreff der Unterthanen der Compagnie mit, deren Authenticität ich nicht bezweifeln durfte, nach dem zu urtheilen, wovon ich in Kamtschatka Augenzeuge gewesen war. Man findet im zweiten Bande von *Dawidoffs* Reise eine Menge äusserst wichtiger Data über diesen Gegenstand, und Hofrath *Langsdorff* hat im zweiten Bande seiner Bemerkungen auf einer Reise um die Welt gezeigt, dass das, was *Dawidoff* über die Behandlung der Amerikaner von den Beamten der Compagnie sagt, nicht übertrieben ist.

Während Dawidoffs Aufenthalte in Amerika erhielt er, nebst seinem Freunde Chwostoff, von dem nun verstorbenen Kammerhern *Resanoff* den Auftrag, nach *Jesso* und der *Aniwa Bay* zu segeln,

* Es ist unmöglich von *Dawidoff* zu sprechen, ohne seines Freundes *Chwostoff* zu gedenken; sie waren unzertrennlich, selbst im Tode.

um die Japanifchen Etablifsements daselbst zu zerftören. *Dawidoff* fegelte zuerft dahin ab. *Chwostoff* sollte fpäter zu ihm ftossen, nachdem er den Herrn von *Resanoff* nach Ochozk geführt haben würde. Bey feiner Ankunft in Ochozk erhielt *Chwostoff* von Resanoff, der ihn erst 24 Stunden vorher verlafsen hatte, einen Supplement Artikel zu feiner frühern Instruction in Betreff der Japanifchen Expedition. Diefer Nachtrag war in dunkeln, zweideutigen und widerfprechenden Ausdrücken abgefafst, mit öfterer Beziehung auf die fpäte Jahrszeit und auf den fchlechten Zuftand von *Chwostoffs* Schiffe, und mit Zweifeln, ob es deswegen nicht befser wäre die ganze Expedition vor der Hand aufzugeben; auf den Fall aber, dafs *Chwostoff* dennoch nach *Aniwa* gehen follte, empfiehlt ihm Resanoff nicht feindfelig gegen die Japaner zu verfahren. *Chwostoff*, ein äufserst braver Offizier, für den eine Unternehmung um fo grofsern Reiz hatte, je gefährlicher sie schien, glaubte nicht berechtigt zu seyn, eine Expedition, die seit zwei Jahren der beftändige Gegenstand von *Resanoffs* Gefprächen gewefen war, zu welcher diefer ein ganz neues Schiff (das von *Dawidoff*) hatte bauen lassen, blofs aus dem Grunde aufzugeben, weil die Jahrszeit fpät, und die Masten seines Schiffes fchlecht waren; er glaubte diefs um fo weniger thun zu dürfen, da er fchliessen mufste, dass wenn *Resanoff* feine Pläne gegen die Japaner ganz aufgegeben hätte, er ihm auch ganz bestimmt die Expedition unterfagt, und folglich feine frühere Inftruction für ungültig erklärt haben würde; ftatt dafs er jetzt nur einen zweideutigen Punkt hinzugefügt hätte. *Chwostoff* eilte indefs fogleich ans Land, um *Refanoffs* Meinung aus feinem eignen Munde zu erfahren. Diefer hatte jedoch wahrscheinlich eine mündliche Auseinanderfetzung vermeiden wollen; denn er war sogleich, nach Abfertigung seines letzten diplomatifchen Dokuments, von Ochozk abgereift, und *Chwostoff* traf ihn nicht mehr.

Die Expedition fand nun leider Statt. *Chwostoff* hätte zwar einen gültigen Grund gehabt, sie nicht zu unternehmen, und er wäre ſicher dafür nicht zur Verantwortung gezogen worden: doch das Point d'honneur des Seemannes war durch die in dem Supplement Artikel enthaltenen Zweifel über die Moglichkeit der Expedition gereitzt, und der Ehrgeitz ſiegte über die beſsere Vernunft, Die meiſten Colonien der Japaner auf den Kuriliſchen Jnſeln, in der Aniwa und der Romanzoff Bay wurden zerſtört. Freilich hatte *Resanoff* dem *Chwostoff* empfohlen, die Japaner nicht feindſelig zu behandeln, aber eben hierin lag der gröſste Widerſpruch; denn was ſollte nun wohl der Zweck der Sendung zweier bewaffneter Fahrzeuge nach Aniwa und Jesso ſeyn? Zu irgend einer freundschaftlichen Unterhandlung hatte *Chwostoff* gar keine Jnſtrukzion, und nach eigner in Nangaſaki gemachter Erfahrung wuſte *Resanoff* ſehr wohl, daſs die feinſte Diplomatie bey den Japanern nicht viel hilft.

Bey *Chwostoffs* und *Dawidoffs* Zurückkunft nach Ochozk wurden beide ſogleich von dem dortigen Commendanten ins Gefängniſs geworfen. * Ein Kerker in Ochotzk! welcher ſchrekliche Gedanke! — Zu dieſer unmenschlichen Strafe ſahen ſie ſich verurtheilt, nicht auf höhern Befehl der Regierung, auch nicht durch einen Spruch des Geſetzes, ſondern alles geschah aus eigenmächtigem Antriebe des Chefs der militairiſchen Gewalt, der zu ihrem gröſsten Schmerze ein Dienſtkame-

---

* *Chwostoff* muſste freilich nach ſeiner Rückkunft zur Rechenſchaft gezogen werden, denn die Regierung konnte nicht anders als empört über eine Expedition seyn, welche ihre Zwecklosigkeit abgerechnet, ſo wenig ehrenvoll für den Ruſsischen Namen war, und uns beſonders bey unſern Nachbaren den Japanern in ein sehr ungünstiges Licht setzen muſte. Der Commendant von Ochotzk hatte jedoch keine Befugniſs, *Chwostoff* und *Dawidoff* gefänglich einzuziehen. Ueberdem gehörten die Schiffe der Amerikanischen Compagnie zu, die durch die gewaltſame Beraubung der Commandeure ihrer Schiffe einen bedeutenden Verlust erlitt.

rad von ihnen war. Der Verblendete wähnte, *Chwostoff* und *Dawidoff* müſsten Schätze und Koſtbarkeiten aus Japan mitgebracht haben; allein ſie hatten nur Reis geladen, freilich in Ochotzk und Kamtſchatka von groſserm Werthe als Japaniſches Gold; jedoch um den gehörigen Unterschied zwischen dem Einen und dem Andern machen zu können, dazu gehören menſchliche Gefühle, und gerade dieſe ſind nirgends ſeltener auzutreffen als da, wo ſie zur Rettung und zum Heil der wenigen noch daſelbst Wohnenden am häufigsten zu finden ſein müſsten. *

Chwostoff und *Dawidoff* hätten, aller Wahrſcheinlichkeit nach, bald ihr jugendliches Leben in dem Gefängniſse von Ochozk beſchliesſen müſsen; die Liebe der Einwohner zu ihnen, die alle über das ungerechte und gewaltthätige Verfahren ihres Commendanten emport waren, löste indeſs ihre Bande. Sie entflohen aus ihrem Kerker nach Jakutsk, eine Strecke von mehr als tauſend Wersten, durch wegloſe Wälder und Moräſte, ohne die geringste Hülfe und ohne andere Nahrung zu geniessen, als die, welche ſie in den Wäldern fanden, dabey in ſteter Furcht eingeholt zu werden, weshalb ſie nie die groſse Straſse betreten durften. In Jakutsk fanden ſie endlich Schutz. Ein Befehl aus St. Petersburg rief ſie bald hierher; einem andern Befehle zufolge wurde ihr Verfolger ſeines Amts entſetzt und dem Gerichte übergeben.

Das Unglück dieſer Freunde, ihre Reiſen, ihr Muth, ihr unternehmender Geist, ihre Kenntniſse zogen bald die allgemeine Aufmerkſamkeit auf sich. Der Graf *Buxhöwden*, der die Armee in Finnland gegen die Schweden commandirte, verlangte ſie zu ſich. Sie reiſten ſogleich ab, ſchlugen ſich wie Helden, und kehrten mit Ruhm bedeckt

* Das Gouvernement von Ochozk genieſst jetzt die Glückſeligkeit, zu ſeinem Chef einen edlen vortreflichen Mann, den Flott Capitain *Minitzkoy*, zu haben. Er beſitzt die allgemeine Liebe ſeiner Untergebenen; er iſt ihr Wohlthäter, der Schöpfer ihres lang entbehrten bürgerlichen Glückes.

nach St. Petersburg zurück. * Hier war es, wo ſie eines Abends ſpät über die Newa-Brücke gehen wollten, da dieſe, wie es gewöhnlich nach Mitternacht zur Durchlaſsung der Schiffe geſchieht, ſchon geöffnet war. Ein Fahrzeug, welches eben im Begriffe war durchzugehen, lag zwiſchen den Böten der Brücke. *Chwostoff* ſprang an Bord dieſes Schiffes, ſein Freund folgte ihm; indem jener von dem Schiffe wieder auf die andere Seite der Brücke ſpringen wollte, fiel er, weil die Entfernung zu groſs war, in die Newa. *Dawidoff*, ein trefflicher Schwimmer, ſtürzte ihm nach, in der Hoffnung ſeinen Freund zu retten, doch beide wurden ein Raub des reiſsenden Stromes.

Nähere Umstände über das Leben dieser zwei Offizire findet man in der Vorrede des Admirals und Reichs-Secretairs *Schiſchkoff* zu *Dawidoffs* Reiſe nach Amerika; ich habe hier nur die Hauptzüge aus dem Leben des trefflichen jungen Mannes ausheben wollen, der ein Opfer ſeiner Freundschaft ward. Doch ehe ich ſchliesse, kann ich nicht umhin, einige Worte über *Dawidoffs* geistige Verdienſte zu ſagen. Er war nicht nur ein ganz vorzüglicher praktiſcher See Offizier; er beſaſs auch über ſein Fach ſeltne theoretische Kenntniſse; er ſchrieb ſeine Mutterſprache ſehr gut, las und sprach das Franzöſiſche und Engliſche, das letztere jedoch aus Mangel an Uebung mit weniger Fertigkeit; er hatte, vielen Sinn für das Studium der naturhiſtoriſchen Wiſsenſchaften, welchen Hr. Hofrath *Tileſius* und *Langsdorf*, denen er in ihren Excurſionen, ersterm in Kamtſchatka, letzterm in Amerika die thätigſte Hülfe erwies, oft laut gerühmt haben. Selbst die mühſame Arbeit die ich hier bekannt mache, beweiſt ſeinen Eiſer für alles Nützliche. Während der militairischen Expedition gegen die Japaniſchen Niederlaſsungen bey den Ainos, ſammelte er von einer Sprache, von der uns bis dahin kaum einige Dutzend Ausdrücke bekannt waren, ein Vokabu-

* Jn den officiellen Berichten des Grafen *Buxhöwden* werden beide öfters auf eine sehr ausgezeichnete Art gerühmt.

larium von beinahe zwei taufend Wörtern. Auch in Kamtschatka, in Amerika und auf den Kurilen fammelte er ähnliche Sprachproben, von denen zum Theil weiter unten die Rede fein wird. Ueberdem find noch eine Menge fchriftlicher Aufsätze von ihm vorhanden, welche intereffante Notizen über die Nordweft-Küfte von Amerika, über die Aleutischen Infeln, über Kamtschatka und über Sibirien enthalten. Ich habe fie gelefen, und kann mit Ueberzeugung fagen, dafs fie verdienen bekannt gemacht zu werden. Viele feiner Winke in Betreff von Verbefserungen find gewifs der Aufmerkfamkeit werth, und könnten mit grofsem Nutzen angewandt werden. Es haben wenige diefe Gegenden mit fo vielem guten Willen und Eifer für das allgemeine Wohl, mit so hellem Kopfe und mit so empörtem Gefühle gegen jedes Unrecht durchreist als dieser trefliche junge Mann.

Ueber seinen Antheil an der Japanischen Expedition ist er sehr getadelt worden; allein läfst es sich wohl denken, dass ein so menschlicher, gebildeter, feinfühlender Mann sich würde zu einer solchen Unternehmung haben brauchen lafsen, wenn er nicht durch die strenge Disciplin des Dienstes sich dazu verpflichtet gehalten hätte? Konnte er wissen, ob die ganze Unternehmung nicht auf Befehl der Regierung geschah!

Von den Sprachproben der Tschuktschen ift der Verfafser der Lieutenant *Kofcheleff*, Bruder des Generals *Kofcheleff*, deffen ich oft in der Gefchichte meiner Reife gedacht habe. Er fammelte diefes Verzeichnifs auf einer Reife zu den *Tfchuktfchen*, wohin ihn fein Bruder im Jahre 1807 geschickt hatte. (*) Der jüngere *Kofcheleff* war von

(*) Ich verdanke diefem unvergefslichen Freunde auch den Kamtfchadalifchen Schädel, der jetzt im Befitze des Herrn wirkl. Etatsraths von Loder ist. Nur mit der gröfsten Gefahr kann man fich den Schädel eines Kamtfchadalen verschaffen. Sie halten das Aufgraben eines Todten für eine Entheiligung

sehr schwächlicher Constitution; schon seit fünf Jahren war er in Kamtschatka gewesen; zuletzt unterlag er den Beschwerden eines rast- und genußlosen Lebens. Ein Fieber raffte ihn auf einer seiner vielen Reisen im Innern des Landes in dem blühenden Alter von 27 Jahren, hinweg. Er hatte mit uns die Reise von Kamtschatka nach Japan gemacht, und wurde von allen aufs herzlichste geliebt. Sein Andenken wird Jedem am Bord der Nadeshda gewesenen ewig theuer bleiben.

Mein Freund, der Hr. Etatsrath *Adelung*, der mich bey Einrichtung dieser Sammlungen aufs thätigste unterstützt, und auch die Correctur der Sprachverzeichnisse, diese so peinliche und mühsame Arbeit übernommen hat, glaubte aus Liebe für die wenigen Personen, welche seinen Eifer für das Nützliche solcher Sammlungen theilen, dieses Wörterbuch mit zwei andern, handschriftlich in seinem reichen Vorrathe von noch unbekannten linguistischen Schätzen befindlichen, Dialekten vergleichen zu müssen, über welche er mir folgendes mittheilt.

„Das von dem verstorbenen *Koscheleff* gesammelte Wörterbuch „der *Tschuktschen* ist von demjenigen Stamme dieser Völkerschaft ge„nommen, welcher die äußerste Küste des östlichen Asiens, das Vor„gebürge *Tschuktschoi-Nos*, bewohnt. Die darin enthaltenen Wör„ter sind hier mit einer noch nicht benutzten handschriftlichen Samm„lung verglichen, welche der Dr. *Merk*, der den Capt. *Billings*

---

ihrer Gräber, und obgleich von dem sanftesten Charakter, würden sie einen solchen Raub auf das empfindlichste ahnden. Auf meine Bitte, und die Vorstellung, daß die Erlangung eines solchen Schädels ein Gewinn für die Wissenschaft seyn würde, scheint es, hat *Koscheleff* keine Gefahr geachtet. Die Eroberung eines zweiten Exemplars, das ich für Hrn. Hofr. *Blumenbach* in Göttingen bestimmte, war ihm indeß nicht möglich gewesen, und ob ich gleich aufs neue seit drei Jahren um einen solchen Schädel sollicitire, so sind doch bis jetzt alle meine Bitten fruchtlos geblieben.

„ als Arzt und Naturforscher auf ſeiner Expedition begleitete, nach *Pal-*
„ *las* Wunsche veranſtaltet hat. Diese Sammlung, ein Geschenk des un-
„ ſterblichen *Pallas*, enthält ein reiches vergleichendes Worterbuch
„ von sieben Dialekten, aus den Sprachen der *Tſchuktſchen*, *Kamtſhada-*
„ *len* und *Kurilen*. Die hier daraus benutzten Worter der *Tſchuktſchen*
„ theilen ſich in zwei Dialekte: den mit No I. bezeicheneten der
„ *Aiwanski*, oder eigentlicher *Aiwanſchija*, welche die Küſte des öſtli-
„ chen Ozeans um den Ausfluſs des Anadür herum bewohnen; und
„ den, unter No II. aufgestellten, der *nomadiſirenden Rennthier-*
„ *Tſchuktſchen*, welcher von den übrigen Tschuktschischen Dialekten
„ völlig abweicht, und der Sprache der benachbarten *Koräken* verwandt
„ zu seyn scheint.

Auf den Rath des Herrn v. *Adelung* habe ich diesen Sammlungen noch die Wörterbücher der *Koljuschen* und *Kinai* aus des oben erwähnten *Dawidoffs* Reisen beygefügt. Man wird hoffentlich diesen Vokabularien hier um so lieber einen Platz gönnen, da die oben genannte Reise noch nicht ins Deutsche übersetzt und folglich dem auswärtigen Publikum noch nicht zugänglich iſt, und da sie hier mit andern Wörterbüchern verglichen erscheinen, die ich ebenfalls der Sammlung des Herrn v. *Adelung*, so wie die nachfolgenden Bemerkungen der Gefälligkeit ihres Besitzers verdanke.

„ *Koljuſchen* nennt man das Volk, welches in verschiedenen
„ Stämmen die Nordwest Küste von Amerika und die ihr gegenüber
„ liegende Insel *Sitka* bewohnt. Ihr eigenthümlicher Sitz ist noch nicht
„ genau zu bestimmen, so wenig wie der der meisten übrigen Be-
„ wohner dieser Küste. Von ihrer Sprache, die, wegen der weiten Aus-
„ breitung dieser Völkerschaft, in den Sprachvergleichungen zum
„ Behufe der Untersuchungen über die Geschichte der Bevölkerung von
„ Amerika, einen nicht unbedeutenden Platz einnehmen muss, waren

„bisher nur sehr wenige, unzuverlässige und sehr mangelhafte Proben „bekannt'; desto willkommener muss den Freunden der Linguistik „gegenwärtiges ziemlich reiches Wörterbuch seyn, welches der ver- „storbene *Dawidoff* mit dem Fleisse, der alle Arbeiten dieses verdien- „ten Offiziers auszeichnete, zusammengetragen hat. Zur Vergleichung „sind die hier aufgestellten Wörter auch aus einigen andern Samm- „lungen angeführt, über deren Werth noch etwas gesagt werden muss.

1. Der im Jahre 1809 verstorbene Kammerherr *Resanoff* „besuchte auf der Rückkehr von seiner Gesandschaftsreise nach Japan „die Niederlassungen der Rufsisch-Amerikanischen Compagnie, und „trug bey dieser Gelegenheit eine äufserst schätzbare Sammlung von „etwa 1200 Wörtern in den bis jetzt bekannten sechs Hauptsprachen „der *Neu-Rufsland* bewohnenden Völker zusammen, nehmlich der „*Unalaschkischen*, *Kinaiischen*, *Tschugazischen*, *Ugallächmutischen* und „*Koljuschischen* Sprache. Aus diesem noch ungedruckten Wörterbuche „sind die hierher gehorigen Worter der *Dawidofschen* Sammlung in „der Columne No I. beygefügt.

2. „In der im Anfange dieses Jahres im Drucke erschienenen „*Reise um die Welt* des Capitain *Lisiansky* befindet sich im zwei- „ten Theile, S. 182 — 206, eine Sammlung von 380 Wörtern aus „der Sprache der *Koljuschen* auf der Insel Sitka, aus welcher die „hier zu vergleichenden in der mit No II. bezeichneten Columne „aufgestellt sind.

3. „Die in der Abtheilung No III. befindlichen Wörter sind „aus einer kleinen Sammlung entlehnt, die im Jahre 1807 aus „dem Munde eines jungen *Koljuschen* niedergeschrieben wurde, welcher „mit dem Schiffe *die Newa* aus Sitka nach St. Petersburg gekom- „men war.„

4. „Die in No IV. verglichenen Worter sind aus einer Anzahl

„mündlich von einem Beamten der Amerikanischen Compagnie mit-
„getheilter entlehnt; so wie endlich

5. „Die unter No V. aufgenommenen Wörter zu einer Samm-
„lung gehoren, die sich handschriftlich in den Papieren eines in der
„Niederlaſsung auf Sitka angestellt gewenen Commissionair (Prika-
„schtchik) befindet.

„Die *Kinai* (Kinaizi) bewohnen die NW Küste von Amerika
„ungefähr vom 59 bis 62 sten Grade, und sind daselbst Nachbaren
„der *Aläksa*, *Konägi*, und *Tchugatschi*. Die hier unter N. 1. mit-
„getheilte WorterSammlung aus ihrer Sprache ist ebenfalls von
„*Dawidoff* veranstaltet, in deſsen Reise sie sich am Ende des zwei-
„ten Bandes S. XIII—XXVIII unter der Ueberschrift: *Wörterbuch*
„*der Völker, welche um den Kinaischen Meerbusen wohnen*, befindet.
„Zur Vergleichung sind die darin enthaltenen Worter, so viel als es
„moglich war, unter N. II. aus dem, oben bey der Koliuschischen
„Sprache beschriebenen Wörterbuche *Resanoffs*, und unter N III aus
„Lisianskys Reisen (Th. II S. 154—179) angeführt. In dieser letztern
„Columme findet man auch noch einige mit * bezeichnete Worter,
„welche aus einer kleinen Sammlung entlehnt sind, die im Jahre
„1807 in St. Petersburg aus dem Munde eines Kinai niedergeschrie-
„ben wurde.

Krusenstern

St. Petersburg
am 21. Juli 1813

I.

Wörterſammlung
aus der Sprache
der *Ainos*,
der Bewohner der Halbinſel Sachalin,
der Jnſel Jeſſo, und der ſudlichen Kurilen.

	ab, weg, fort	*uiakkuftaan*
	der Abend	*unumani*
	gegen den Abend	*unumanin anguru*
	Abend, Weſten	*tſchupf kes*
	das Abendeſſen	*kfunne ebi, ebiiakka*
	die Abenddämmerung	*tſchiri onnma, tſchukf afunnuwachumaka*
	abflieſsen	*ranuwa*
	abgeben	*changi*
	abhängiges Ufer	*iada ſchma kodan*
10.	abhalten	*kiſchima*
	abhauen, den Kopf	*reguzo tuibawa*
	abkühlen	*tuwa iga*
	abmatten, quälen	*kimurmuan*
	die Abnahme des Waſſers	*so*
	abnehmen	*sonkian*
	abpflücken	*tui*
	abreiſsen	*tuitikf*
	abſagen	*itaki, choſchibiri*
	abſchälen	*ſchiospa*
20.	abſehen, ablernen	*obitta nugari*
	abſcheulich	*raiguru kuraz*
	abſengen	*ziri*
	abſtoſsen, vom Lande	*momdi*
	abtreten, überlaſsen	*nimba oman*
	abzäunen	*tſchaskaru*
	der Acker	*nupka*
	ſich in Acht nehmen	*tſchoogai iazramatekiiakka*
	die Ader	*rizi*
	der Adler	*ſchirap*
30.	ärgerlich	*oschiora ambi*
	ſich ärgern	*oschiora*
	der Aermel	*tuſcha*
	alles, alle	*obitta*
	alle Tage	*obitta to*
	alle Nächte	*obitta anzkara*
	allein mit jemand seyn	*miangarapf ti küſchiu oman*
	allgemein	*obitta ambi*
	alt werden	*ſchino chiga iwa*
	ein alter Mann	*ſchigoi guru*
40.	eine alte Frau	*futzi*
	der Andere	*uiakf*
	ein andermahl	*tuſchiui*
	anderthalb	*imgu, itupf*
	anfallen, einen	*schtoma kuratz*
	der Anfang	*aſchinno*
	anfangen zu bauen	*obittanno kozi karu*
	—— zu brennen	*ſchirpofui, ofuiga*
	—— zu trinken	*ugagida iguwa*
	anfeuchten	*betinika*
50.	die Angel	*apf, pirai*
	angeln	*piraiiakka*
	angenehm	*konoburu*
	die Anhöhe	*schma un rieru*
	der Anker	*kaida*
	die Anker lichten	*kaida iangi*
	ankern	*kaida ama*
	anlaufen, von Metall	*toruus*
	anlocken	*chauginochodoiwa*
	anpreſſen	*tenguru*
60.	anſchwärzen, verleumden	*kunnino karu*
	ſich anſtrengen	*tomu iupkino*
	antworten	*eiſchiwa*
	anwenden	*iwankgiwa*
	anzeigen	*itſchagaſchinu*
	anziehen, anlegen	*uſchti uſch*
	der Appetit	*ibiruſchiui*
	die Arbeit	*monraigiki*
	der Arbeiter	*monraigiki guru*
	arbeitſam	*nidarangi guru*
70.	die Argliſt	*naniburu uwen*
	der Arm	*tegi*, plur. *uturin tegi*
	der Arme	*ſchirun guru*
	artig	*ramuſchiroma*
	die Aſche	*una*

der Aſt	*chom*
voll Aeſte	*chomu uwalli*
der Athem	*naſchikunuakaiu*
athmen	*chiiſchiu*
aufbeiſſen	*kuikui*
80. aufbewahren	*iiamunuanakkaikki*
aufblaſen	*fugu*
ſich aufblaſen	*tſchoogai fugu*
aufbringen, reitzen	*choſchkino kunde*
aufdecken, öffnen	*masasa*
auffangen	*kiſchima*
auffüttern	*ebiriwa*
der Aufgang der Sonne	*tſchukf aſchin*
aufgethaut	*rubuſchiwaru*
ſich aufhalten, verweilen	*ogonna roku*
90. aufheben, in die Höhe	*rikingi*
—, die Hand	*ſtaitſchiwa ramu*
aufhören	*idikkuki*
aufkochen	*poronno bopf*
aufleſen, Körner	*tzkatu uſch*
aufmachen	*ſchiara*
aufräumen	*ukau*
aufrichtig	*ſchuno i taku, ſchiongi ſchlomokki*
aufſchneiden, etwas	*obateku nasin*
aufſpannen, die Seegel	*kaia kuru*
100. aufſperren, den Mund	*tſcharomaki*
aufſtehen	*chobun*
auftrennen	*ikirinaſcha*
aufwachen	*kuda*
aufweichen	*oroomari*
aufwickeln	*noiu*
die Augen	*toi*
das weiſſe im Auge	*tedaritama*
die Augenbrauen	*raru*
aus einander biegen	*pirukanokadokaru*

110. ausbrechen	*kai*
ausbrüten, Eyer	*nuki aſchin*
ausdrücken	*numba*
ausfahren, mit Hunden	*schedn oni oman*
ausfegen	*mun isangi*
ausfliegen	*choiupf*
ausgeben	*omandi*
ausgieſsen	*kwudari*
ausgleiten	*rarakf*
aushöhlen	*poipoi*
120. aushören	*obitta nugu*
das Auskehricht	*iuwangiu aigapf*
ausklauben	*poipoi*
auskochen	*obitta notzi*
der Ausländer	*uiagunguru*
auslaufen	*oiguſch*
auslernen	*ibaguſchino*
auslöschen	*uschka*
ausmeſſen	*pakari*
ausnähen	*ugaugawa*
130. ausreiben	*piriba-*
ausreiſsen	*aſchingi*
ausruhen	*iaischiniga*
der Ausſchlag	*nannaſchki tumtuus, nanu tumutu*
ausſchlagen	*ſembi omari*
—, von Bäumen	*ibuigi biraſcha*
ausſchlürfen	*niſchiwa ebi*
ausſchütteln	*tuitui*
ausſetzen, ans Ufer	*bezſchamta rokofti*
ausſpeyen	*tupſchiu*
140. ausſprechen	*nirukano idaku*
ausſuchen	*nuungi*
Auſtern	*charipa*
austheilen	*kundi*
ausweichen	*oiakutaan, ſchamagidaan*
ausziehen	*aschingiwa*

	die Backen	nudakam, nudamli
	der Bär	chuguiupf
	der männliche Bär	pinni chuguiupf
	der weibliche Bär	matni chuguiupf
150.	bald	munafchin
	Balken, ein unbearbeiteter	mukkanini
	Balken, ein bearbeiteter	zkiwurini
	Balken, ein kleiner viereckiger	rui
	Balken, die Stelle wo man ihn gehauen	nii kuschtaigi
	am Balken, die Stelle wo er am dicksten ist	nii nischigi
	Bambus	pai
	das Band	numaz
	der Barsch,	schiriboke
	der Bart	rigi
160.	der Bauch	chuni
	bauen	karuiakka
	bauen, anfangen zu	obittano kozikaru
	der Baum	niiu
	ein dicker Baum	nii tai
	Baumrinde	nii kapu
	ein kleines Stück Baumrinde	nii kapf
	die Bay, Bucht	uschiöro
	bedecken	kaschischischkhi
	bedenken, überlegen	iuigadanoia
170.	das Bedürfnifs	iuwangiruschi
	die Beeren	turipf
	befehlen	itschawudangi
	der Befehlshaber einer Kolonie	otona
	befestigen	urinu iupkinu
	befrachten, ein Schiff	kuschiaiakka
	die Befrachtung	kuschia
	die vollständige Befrachtung	sitteno
	befühlen	timtim
	begegnen	uitonangari
180.	begegnen, unerwartet	pawa
	begreifen	kunuwa kuirawa anuwa ungriwa
	begiefsen	tschari
	der Begräbnifsplatz	rai guru schiui
	behauen	kewuri
	beherrschen	schikaschima
	behutsam	kiamunu
	ein Beil	mukar
	ein kleines Beil	mukariniz, mukaritta
	beifsen	kubaba
190.	bekannt	umuiaschkaru
	bekannt werden	umuiaschkaruwa
	bekommen	ohuwa
	beleben	cheischiki
	belecken	kimkim
	die Beleidigung	igogandama
	bellen	mikf
	belohnen	iuwai ikondi
	die Belohnung	iuwai
	sich bemächtigen	itun
200.	bemittelt	igorucoru guru
	sich bemühen	monian
	beneiden	anon iguru pishiwa
	sich bereichern	igorukoru
	bereiten	uringa
	der Berg	noburi
	ein feuerfpeyender Berg	iuwawu noburi
	ein kleiner vulkanifcher Berg	poronno buri
	die Befchaffenheit	inialibi
	beschmieren	torous, uwendu
210.	beschneiden, behauen	keuri

	beschützen	*kischima*
	beschwerlich	*iaiguiuruschkuri*
	sich besinnen	*ounneriwa*
	besprengen	*fugu*
	besser	*peronno, noruka*
	bestimmen	*nipponiakka itschaudangi*
	beten	*inunnu*
220.	der Betrug	*schiungi*
	sich bewegen	*moimoi.*
	die Bewegung des Meeres	*riri*
	bewerfen	*otſchuiba*
	bewickeln	*kari*
	bewirthen	*iberi*
	beyde	*tuni*
	die Beyschläferinn	*pommatz*
	bezahlen	*adaikaru*
	der Biber	*raku*
	biegen, umbiegen	*koiu*
230.	sich biegen	*ikki ukumu*
	die Biene	*soia*
	binden	*schna, schna mui*
	die Birke	*karimbanii*
	bitten	*kuidakf ani agokkaru*
	die Blase	*poi*
	blasen	*fugutoi*
	das Blatt am Baume	*nii chamu*
	die Blattern	*chosoigoni*
	ein Blinder	*schikinakuwa*
240.	die Blindheit	*schikinaku*
	blinzen	*schik-koru*
	der Blitz	*kamoi nibigi*
	blühen	*ibuiki schibirascha*
	Blüthe treiben	*ibuiki birascha*
	die Blume	*ibuiki*
	das Blut	*kim*
	der Bodensatz	*taibi*
	böse werden	*iuruschkawa*
	der Bogen	*guu*
250.	mit dem Bogen jeman durchschieſsen	*tschotschtscha wa poſe*
	mit dem Bogen jemand todtschieſsen	*kuani 'tschotsch tschawa raigi*
	der Bohrer	*skannaschkinomi*
	das Boot	*pon zibi*
	borgen, leihen	*schiôokaru*
	der Bräutigam	*koko*
	die Braut	*kesch matz*
	braten	*ofuika*
	braun	*kabannu kuni*
	brechen	*atu*
260.	breit	*uschip*
	brennen	*ofuigu*
	brennend heiſs	*scheschikf*
	ein Brett	*soida*
	der Brey	*araiu*
	bringen	*nidicuwaitti*
	der Bruch, Krankheit	*nugi poro*
	die Brücke	*ruga*
	der Bruder, der ältere	*iubu*
	der jüngere	*aki*
270.	der dritte	*ponoaki*
	brüllen	*chauischangi*
	die Brust	*schambe*
	die weibliche Brust	*to*
	die Brust geben	*too iguri*
	sich bücken	*chirarui*
	sich tief bücken	*reur*
	ein Bündel Holz	*muiambi, schnuambi*
	die Bürde, Laſt	*aniambi*
	ein Büschel, Gras	*fugu*
280.	bunt	*schirigiouschipf*

C

Ceder Nüſse	*schuhgu*
der Chinese	*mandschu*
die Chineserinn	*schengagi*

D

Da, sieh, nimm	*tada anua*
das Dach	*zisekschtai*
durch dieses Dach dringt kein Wasser	*tan zisi schiriaba ischama*

es dämmert	*unumani schirikunniwa*
dankbar	*iasraigiri guru*
ich danke	*iasraigiri*
o. darauf, hernach	*igufchtakonta oman*
der Deckel	*puda, pfta*
der Degen	*imufch*
das Degengefäfs	*nitschi*
dein	*itschogaiwaia*
denken	*iainuwa*
dicht	*nifchti*
dick	*ironni*
ein dicker Baum	*nii tai*
ein dicker Mensch	*nidobaki rui guru*
o. dicker	*noronno ironni.*
der Dieb	*ikka guru*
dieses Jahr	*tumba*
diese Nacht	*tano gura*
diesen Tag	*tedawano*
diefs	*tan*
diefs oder jenes	*nepuru*
doch	*tapnianakka*
das Dorf	*kotano*
dort	*igufchita*
o. dorthin	*igufchta*
der Draht	*tugapkani*
drehen, als Zwirn, Garn, Seide	*noiu*
sich drehen, umkehren	*schikirukiru*
dreh dich um	*kiru kiru!*
dreist	*iupki*
ein dreister Menfch	*keutomo iupki guru*
dreister	*runno iupki*
der dritte	*reptu tanta*
drohen	*schifumiiari*
o. drücken, pressen	*riguzinumba*
du	*itschogai*
dünn	*naannino*
dumm	*waiaschakf, nipuidakniakka iramuschkari*
ein dumpfer Ton	*fumi*
dunkel	*schirikunni*
dunstig	*pauziwa uwen*
durch und durch nafs werden	*pettini ugeri*

der Durchfall	*saada, pitschura*
durchgraben	*okabi tuiba*
330. durchsieben	*tuitui*
der Durst	*igurusch*

E

eben, glatt	*iramaschiri pirukano, uschia ma usch*
eben recht, zu rechter Zeit	*noronnoschamaki, ponno schomaki*
die Ecke, der Winkel	*schikkiu*
eher, geschwinder	*tunasch - tunasch*
eifersüchtig	*umandiwaan guru*
eifrig	*munaschino*
eigensinnig	*nira idakuiakka karukuiakuschi*
das Eigenthum	*tschootschai korobi*
340. eigentlich	*tappini*
eilfertig	*iaischagangi guru*
eilen	*iaischagangi*
einaügig	*afchigi*
einbilden, glauben machen	*skarun*
sich einbilden, von sich denken	*schigikaru*
einerley	*uninoan*
einförmig	*tapni anzigi piruka*
einholen	*oskoni*
einlassen, Z. B. ins Haus, Zimmer	*tuschari*
350. einmüthig	*snekiwotumu*
eins	*schnepf*
einschlafen	*chinoii*
einschlagen Z. B. Nägel	*omuri*
der Einschnitt, die Fuge	*itauturi*
einst	*asschini*
einstecken	*atschu*
einstimmig	*schwnegaui*
einstofsen, einpfropfen	*afungi*
eintauchen, ins Wafser	*choschiui betinika*

360.	eintheilen	*uschiarai*
	einträchtig	*keutomo uringa piruka*
	eintrocknen	*satzkiwa*
	der Einwohner	*ogui*
	das Eisen	*kaniu*
	ein Ellenmaafs	*pakarikane*
	das Ende	*itogo*
	das Ende der Welt	*opkfuta schiribegiri*
	endigen	*ogeri*
	endlich	*tambe ibagi*
370.	enge	*fuzini*
	die Engbrüstigkeit	*cheocschi uwen*
	der Enkel, die Enkelinn	*karogu*
	Enten, wilde	*kobetschu*
	eine kleine Art Ente	*zibiru kuru*
	entgegen, beym Begegnen	*uido nangari*
	entgegen, zuwider	*cbitta uschinnai*
	die Epidemie	*merigi igun*
	er	*tana anguru*
	der Erbe, die Erbinn	*roogagi zisi koru guru*
380.	die Erde	*toi, tui*
	das Erdbeben	*schisimoi*
	erdenken	*pirukanuiainu*
	erdrücken, zertreten	*reguzi numba*
	ergänzen, hinzufügen	*omandiiakka schiuikondi*
	sich ergötzen	*schnoz*
	erinnern	*schitteno omari*
	erleichtern	*koschininokaru*
	erlernen	*igoischamba*
	ermahnen	*pirukuno itschagaschano*
390.	ermüden	*noitikf*
	ermuntern	*uwandi*
	erretten	*kischimawaokf*
	erschüttern	*tuitui*
	ersetzen	*schitteno omari*
	erstechen	*atschiuwa nosori*
	ersticken	*taschiutuiwa roigi*
	ersuchen	*kuidakf ani agokkaru*
	erquicken	*ramupirukari*
	erwachen	*kuda*
400.	erwägen	*iaigadanoia*
	erwärmen	*sesika*
	erwarten	*teriogai*
	erweitern	*poronno itakki*
	erwischen	*kischima*
	erwürgen	*raguzinumba*
	erzählen	*nuuri*
	sich erzürnen	*tschoogai iuruschka*
	essen	*imbi*
	essen, zu Abend	*kfunne ebiiakka*
410.	etwas	*chimbaguniiakka*
	ein Ey	*skapf nuku*
	Eyer ausbrüten	*nuki aschin*
	die Eydechse	*chiriam*

F

	ein Faden, ein Maafs	*snetim*
	ein Fahrzeug ans Ufer ziehen	*nimbawajangi*
	das Fahrwasser	*tunnai, zibatui*
	fallen	*chaziri*
	fallen lassen	*chazi*
	eine Familie	*schindsitzi*
420.	fangen, einen Menschen	*aino okf*
	fangen, Fische	*pepf koigi*
	fangen, Vögel	*zkapf koigi*
	fangen, wilde Thiere	*zironnop koigi*
	die Farbe	*tomu*
	blafsrothe Farbe	*furi tomu koru*
	rothe	*furi tomu koru*
	grüne	*schionin tomu koru*
	blaue	*schiribokki tomu koru*
	gelbe	*schonin tomu koru*
430.	schwarze	*kunne tomu koru*
	weisse	*retari tomu koru*
	fast, beynahe	*napunno anua*
	faul, verfault	*munin*
	faulen, verfaulen	*muninuwu*
	ein Fauler	*turanni guru*
	die Faulheit	*turanni*

die Feder *zkapf rapf schpet*
Federn *zkapf rapf noronno*
440. fehlen *ni uba*
fehlerfrey *iaikischli i schama*
fein *annigani*
feiner *naanino*
Feilspäne *nitschatscha koomun*
feist, wohlbeleibt *kiibi*
das Feld *nupka*
das Fell von wilden Thieren *zironnop noma*
felsiges Ufer oder Strand *schirariga*
das Fenster *puiari*
450. Fenster- oder Thürpfosten *zetondu*
fertig *uingawa*
fest, dicht *uschamta ogai*
das Fett *kii, schium*
das Fett vom Wallfische *fumbi kii*
die Feuchtigkeit *petni*
der Feuerbrand *abe kis, undschikima*
Feuer anmachen *abe uwari, undschi uwari*
der Feuerschaden *schiri ofui*
finden, das Verlorne *funarawa nugaru*
460. der Finger *askibitz*
der Daum *poro askibitz*
der Zeigefinger *utulan askibitz*
der Mittelfinger *schinoski askibitz*
der vierte *iupni askibitz*
der kleine *nono askibitz*
finster, dunkel *urariaz*
der Fisch *zepf*
lebendige } Fische *ueni zepf*
frische *pituru zepf*
470. gekochte *schuoki zepf*
gebratene *zma zepf*
getrocknete *sutzki zepf*
gesalzene *schipoo zepf*
geräucherte *ubaruch zepf*
einen Fisch nach sich schleppen, *zepf iaidai*

Fischbein *fumbe riki*
das Fischernetz *ia*
ein kleines Fischernetz an einer Stange *inischiia*
der mittlere Theil des Netzes *iapukgoru*
480. Fischohren, Kiemen *kurugiu*
die Fischotter *ischanani*
Fischrogen *zepf chuma*
Fischschuppen *am ramm*
Fischsuppe *kis chari*
flach *[illegible]rchski*
die Flamme *areave, arewuno*
flechten *oski*
ein Flecken, von Schmutz *schirigi*
das Fleisch *kam*
490. fliegen *choiupfu*
die Flinte *teppo*
der Flintenstein *karaschiuma kasschiuma*
ein Floh *toigi*
ein kleiner Fluss *tonbez*
jenseits des Flusses *bezi kuschint schata*
flüssig *peni*
fort *uiakustaan*
fortgegangen *oman nischa*
fragen *nunuuwa*
500. eine Frau *mazi*
eine alte Frau *fuzi*
ein Frauenzimmer *minogo*
frech, unverschämt *iaischtoma schumukia*
die Frechheit, Unverschämtheit *iaischtoma ischama*
ein Fremder *niakuta, anun korobi*
fressen *scherai ebi*
die Freude *mutschatikf*
sich freuen *mutschatiguiakka*
freundlich *konoburu*
510. ein freundlich Gesicht *minagani*
freylich *tapnian*
freundschaftlich *schoguiniwa*

2

	der Friede	ugosambichauai
	frieren, zufrieren	rubuſchiu
	fromm, still	ramuſchiroma
	der Frosch	onnmbagi
	der Frost	robuſchi mian
	die Früchte	pitorumun
	früh	munas chino
520.	früher	poronno munaschino
	das Frühjahr	paigara
	eine Frühlingsblume	paigara ibuiki
	das Frühstück	kunewa ebi
	die Furchtsamkeit	schtoma
	furchtlos	ſchtoma is schama
	für sich, jeder besonders	tschoogai schnenin
	fürchten	kschimätikſ
	fürchte dich nicht	schtoma i schamawa
	der Fund	pa
530.	ein Funke	ponn chazpo undschiu
	zu Fuſse	iabiga uman
	ohne Füſse	kimaschakuru
	das Fuſsblatt	kima oſchpagiu
	der Fuſssteig	aniru, oman rokoz
	das Futterhemde	tuschaschaſ imi

G

	Gallert	mian
	Gänse	guitu
	ganz	ubitta anuwa
	ein Ganzes	piriu i schama ambi
540.	ganz etwas anders	obitta uschinnui inoan
	ganz und gar nicht	nippori iakka
	gebären	chitoku
	das Gebäude	karu
	gieb	iuruscha
	gieb mir	tschoogai otta ingori
	gieb mir auf einige Zeit	tschoogai otta iuruscha
	gieb ihm	tan guru otta omande
	gebieten	itakinui
	das Gedächtniſs	onneriwa
550.	gutes Gedächtniſs	unaschinu
	die Gedärme	ramuru
	die Gefahr	iakikischti
	ein gefährlicher Mensch	iaikischti guru
	gefallen	konoburu
	gefällig seyn	iuwangiaschkai
	das Gefäſs	nitschi
	die Gefangenschaft	rengaini karu kuiakus
	gefräſsig	kondusch
	die Gegend	tada, uturu
560.	im Gegentheil	obitta uschinnai
	geheim	piniu tara idaku
	das Geheimniſs	chauginu, raubiga
	gehen	apkas
	ich gehe nach Hause	zise otta chosibi
	das Gehirn	nuibi
	das Gehör	nuu
	geitzig	raigischti
	das Gelächter	minawa
	die Gelbsucht	schiu
570.	genau	tappini
	genug	tabakka, poronno iguwa
	gerade	oguriki
	gerade so	schiui schiui
	geräumig	zuwaschipnu
	das Geräusch	schtaigi fumi
	gern	konrusch, omaprusch
	der Geruch	furaan
	ein guter Geruch,	fura, piruku fura
	ein Geschäft	karu
580.	ein Geschenk	kondiambi
	Geschmeide,	schirikgi
	geschmolzen, aufgethaut	rubuschiwaru
	das Geschrey	chaoi ischangi
	geschwinde	munaschino, tunaschino
	das Geschwür	iiaschin, fupiusch
	eine Geschwulst	fubi, juup
	das Gesicht	nanu
	gesponnenes Garn	charikaga
	das Gespräch	itakſpe
590.	gesprochen	idaku rischa
	der Gestank	fura uwen
	gestehen	idakuiakka

gestern	*nuumani*
Getose	*fumi*
bist du gesund?	*katscharafchi noia?*
gefund werden	*pirukanoan*
ein gefunder Mensch	*katscharaschino guru*
die Gesundheit,	*katscharaschino*
schlechte Gefundheit	*kuroro uwen*
der Gewinn	*ragaan*
gewifs, ohnfehlbar	*skoban kufchinewana*
gewisse Nachricht	*schino uwebegiri*
das Gewissen	*inischtoma*
die Gewifsheit	*schiônno*
das Gewitter	*kanna kamoi*
es gewittert	*kanna kamoi fumian*
sich gewöhnen	*igoischamba*
die Gewohnheit	*kotamburi*
giefsen, schmelzen	*futapa*
das Gift	*siôrugu, siôroku*
der Glanz	*nebigi*
eine Glaskoralle	*tamba kufchambi*
glatt	*schiritschasno*
glatt machen	*schiritschasno kara*
die Glatze	*kiteuba*
glauben	*nifchiomap*
gleich	*schneraino*
gleich, ähnlich	*ugurazi*
gleich machen	*ubukute*
gleichmüthig	*ugurazi schambi*
das Glied	*chumi*
das Gliederreifsen	*nugiporo*
das Gold	*kongani*
Gott	*kamoi*
das Grab	*rai guru schiui, iwaku uschi*
grausen, schaudern	*chobimba*
der Greis	*schigai guru*
grob, von Körnern	*schintogu*
ein grober Mensch	*nipka schambi zra musch kari*
der Groll	*nanibur u uwen*
grofs	*poro*
grofsmüthig	*ramazi piruka*
die Grofsmutter	*fuzi*
der Grofsvater	*ikorotschatscha*
die Grube, Gruft	*aschiui*
eine Grube zuwerfen	*muni anuwa*
grüfsen, sich verneigen	*chirarui*
gütig, gnädig	*kirai kuschiu*
die Gurgel	*reguzi*
640. der Gurt,	*anekuz*
gut	*piruka, pirukawa*
ein guter Mensch	*pirukawa, piruka guru*
ein gutes Gemüth	*piruka heutomo*
guten Tag!	*iangarapte*

H

das Haar	*schabanuma*
ein Haar	*atukku numa*
haarig	*numauo*
haben	*chni*
ein Hacken	*konkepf*
der Hacken am Fischnetz	*perai togapf*
650. zur Hälfte	*imtschu uschirai*
eine hämische Absicht	*uwen nischomatu*
hängen	*ate*
der Hafen	*tomari*
der Hagel	*kaukaubas*
es hagelt	*kaukaubas ran*
halten	*kischima*
der Hammer	*kaneluds*
die Hand	*tegi*
die Hand aufheben, zum drohen oder schlagen	*staitschiwa ramu*
660. mit Händen und Fufsen sich wehren	*schturi*
hart	*schingi*
Harz aus dem Wachholderbaum	*teksch notoro*
häfslich	*raigu u kuraz*
hassen	*schiômukko noburuwa*

	hauen, zerhauen	*obittano tuiu*
	der Hauer, Vorderzahn bey Thieren	*nemahiaschin*
	das Haus	*zise*
	ich gehe nach Hause	*zise otta chosibi*
	aus dem Hause	*zisewa*
670.	zu Hause treffen ein eingezäuntes Haus	*zise otta oman* *tschaschiu uturuta*
	Hausenblase	*numbe, numbi utti*
	die Haut	*kapu*
	der Hefen	*taibi*
	heiſs	*scheschikf*
	heiſses Wasser	*scheschikka*
	heiſser	*schino scheschipf*
	heiter, hell	*schugusian*
	ein Held	*pakischura guru*
680.	hellroth	*furiu*
	hemmen, einen Zank	*idomu itaku*
	herausfliehen	*chóiupf*
	herausgeben	*omandi*
	herausnehmen	*aschingi*
	herausspringen	*buki*
	heraussehen	*finginunngaru*
	herausziehen	*aschingiwa*
	die Herberge	*omanguni chimagari*
	der Hering	*chiroki*
690.	herrschen	*schikaschima*
	herumschweifen	*otscho in*
	ich irre, oder schweife herum	*sei*
	Herzklopfen, starkes	*schambituki tuki*
	herzlich, sorgfältig,	*munaschino*
	heucheln, listig handeln	*schiongiki*
	heute, jetzt	*tani*
	heutigen Tages	*tani ana kisch*
	der Hexenmeister	*tuschiu guru*
	hinaustragen	*iariógeri*
700.	hindern	*irampui*
	hinführo	*choschkinu*
	hinten, hinter	*iuschinu, uschi maaku anguru*
	die hintere Seite	*iósi, uschi maaki*
	das Hintertheil am Schiffe	*unda*
	hinwegfliegen	*choióbuwa oman*
	hinzufügen	*kondi*
	ein Hirsch	*tuna kai*
	Hirse	*amama*
	die Hitzblätterchen	*maiaigi*
710.	die Hobelspäne	*riiwa*
	hoch	*sororubi*
	sehr hoch	*poronno sororubi*
	höflich	*ramuschiroma*
	eine Höhle	*schiuwi*
	der Hof	*zischi kozi*
	die Hoffnung	*kiri*
	hoffnungslos	*skoban aigai*
	holpericht	*rii raam*
	Holz	*ziguni*
720.	von Holz Brücken machen	*idaschióokaru*
	Holzschuhe	*piraka*
	die Hosen	*umumbi*
	die Hülfe	*omiu*
	ein Hühnerauge	*tegibopf*
	ein Huhn	*muzni zkapf, newatori*
	der Hund	*scheda*
	ein Hund, männlichen Geschlechts	*innigida*
	eine Hündinn	*matnigida*
	das Hündchen	*pon scheda*
730.	der Hunger	*kemurampa*
	hungrig	*schandageri, mawaan, eberosi*
	husten	*ongiwa*
	der Husten	*ongi*
	der Hut	*chuka*

J

ja	*tapni*
jämmerlich, kläglich	*raino koramba*

jagen	*kewi*
das Jahr	*pa*
ein halbes Jahr	*paingu*
740. Japan	*schiamurun koman*
ein Japaneser	*schischam*
ich	*tschoogai*
je mehr, je besser	*nipponiiakka poronno anzigi sino pirukawa*
jemand	*mosmaambi*
jene	*tadaogai minogo udarin*
jetzt	*tanewa*
ihm, oder ihr	*ani otao mundi, niguru*
ihn	*ani uschakanke*
immer	*nibagitaniiakka*
750. Instrument, musikalisches (Balalaika)	*tonkari*
ein Insekt	*kigiri*
eine Insel	*muschiri*
Johannisbeeren	*chaz*
irgend einmal	*cheribara gani*
irgend jemand	*niudniiakka, niguna ambi niiakka*
irgend wohin	*nida niinakka*
es ist	*annuwa*
ist das auch wahr?	*tap nini unna anguru?*
die Jugend	*schigaz*
760. jung	*peuri*
ein junger, raſcher Mensch	*schiritogo piruka*

K

ein Käfer	*schikigiri*
kämmen	*kiki*
kahlköpfig	*chiraschana guru, kipsaba*
der Kahm	*kumuschpi*
kalt	*nom*
ein kaltes Klima	*meikoru kotanu*
der Kamerad	*togui*
ein Kamm	*kirai*
770. man kann	*aschwkai iwa*
es kann seyn	*ringainiu*
Kastanien	*iam*
ein Kasten	*schiubup*
ein Kater	*pon mego*
eine Katze	*mego*
kauen	*kuikui*
ein Kaufbrief	*schitteno*
kaufen, einkaufen	*egokf, igokuwa*
kaum	*raikuraz*
780. kehren, drehen	*schikirukiru*
der Keil	*schembi*
einen Keil ausschlagen	*schembi omari*
keiner	*nigona ambi niiakka*
auf keine Weise	*nipponi ianika*
ein Kessel	*sschiuu*
ein kleiner Kessel	*uramufschiuu*
die Keule, der Knittel	*poro mukkaninüu*
die Kiemen, am Fische	*kurugiu*
der Kienruſs	*obaru*
790. der Kienspan, dessen sich die Bauern statt Lichts bedienen	*iuwa uustaz*
der Kies	*piugun*
das Kind	*po*
ein kleines Kind	*chigaziu*
Kinder, männlichen Geſchlechts	*zii*
Kinder, weiblichen Geſchlechts	*boki*
kinderlos	*posiak guru*
der Kinnbacken	*paru unnaki*
klar, hell	*schugusian*
kläglich	*ramo kokamba*
800. klagen	*iazrap*
der Klang	*fumi*
Klauen, bey Raubvögeln	*ami*
kleben	*raikuraziuokof*
das Kleid	*imi*
Kleider zuschneiden	*karu imi*
kleiden, sich	*imi miu*
die Kleidung	*imi*

2*

	klein	*ugakfu, matu*
	kleiner	*maugakfu*
810.	Kleyen	*tuiba*
	klopfen	*zischiaga, schteigi*
	das Klopfen, das Geräusch	*schtaigi fumi*
	klug	*chugambawa*
	ein kluger, verständiger Mensch	*waiaschinu guru*
	Klugheit	*chugamba*
	knarren	*fumean*
	kneifen	*nuabi*
	gekniffen	*kamunumba*
	die Kneifzange	*pazin*
820.	das Knie	*kokaschaba*
	die Kniescheibe	*kukka saba*
	der Knoblauch	*membiro*
	Wald-Knoblauch, Bären-Knoblauch	*kido*
	der Knöchel am Fuſse	*tapera*
	ein Knoten	*schnachumbus*
	kochen	*zii, schióki*
	der Köcher mit Pfeilen	*igaiupf*
	die Kohle	*pas*
	die brennende Kohle	*usaz*
830.	können, verstehen	*uneiwa*
	ein Koffer	*schiubup*
	kommen	*iguschtamakanu oman*
	komm her	*teda arigi*
	komm hieher wieder zurück!	*chungino arigi*
	komm dahin wieder zurück!	*iguschtao oman*
	komm dort hin!	*iguschta oman*
	die Krähe	*paskuru*
	Krähenbeere, oder schwarze Rauschbeere	*churasino*
	die Kraft	*tomu*
840.	ohne Kraft, ſchwach	*ukiraschaku*
	der Kragen am Hemde	*nuischama*
	der Krampf	*razi nischti*
	krank werden	*igoniuschiwa*
	die Krankheit,	*sehnii iupki,*
	eine ſchwere Krankheit	*chiſchian kapf*
	die venerische Krankheit	*ogamikoz*
	kratzen	*kiki amburius*
	das Kraut	*pitoromun*
	die Krebse	*ambai, tagaka, tagabai*
850.	ein kleiner Krebs	*iambi*
	ganz kleine Krebſe	*poni iambi*
	flache Krebschen	*aski tiki*
	die Kreide	*didari schiuma*
	kriechen	*rewiwa oman*
	Krieg führen	*ſarakamui*
	krumm	*ſeugiu*
	krümmen, biegen	*rewi reugi*
	künftiges Frühjahr	*paigarapa*
	künftigen Herbst	*tschugumba*
860.	künftiges Jahr	*oiaba*
	künftigen Monath	*imakagiwa chidokf tombi*
	künftige Nacht	*nischatta onoma*
	künftigen Sommer	*schakumba*
	künftigen Winter	*matappa*
	küssen	*tscharonunnu*
	das Küssen, Kopfküssen	*mufru, mottru*
	die Küste	*schióokara soida*
	die Kufe	*nitusch*
	kurz	*takkoni*
870.	kurz vorher	*choskinu*
	kürzer	*natakkoni*

L

laden, ein Schiff	*kuschiaiakka*
lächeln	*mina*
das Lächeln	*minananu*
die Länge	*tanniusck*
längst	*ogonnu*
der Lärm	*fumi*

	lärmen	*chauian*
	die Lage, Seite, Gegend	*toda, uturu*
880.	eine Lampe	*ratschagu*
	lange, lange während	*tanne ambi*
	Langeweile verursachen	*iaiguiuruschkari*
	die Lanze	*opf, kuu*
	Lappen	*mun*
	die Larve,	*kadu uwen, iaburu uwen*
	laufen	*choiubu*
	eine Laus	*uriki*
	laut	*iupkino uchauian*
	leben	*ogaiiakka*
890.	das Leben	*schikfnu*
	ums Leben bringen	*raigi*
	lebendig	*schikfnu*
	Lebewohl	*piruka uru, saramba*
	leblos	*ramazi sakpi, ramaz saku guru*
	lecken	*kimkim*
	Leder	*iuhu ruschi*
	leeres Fahrzeug	*oga zibi*
	legen, hinlegen	*oma, omari*
	der Lehm	*toi*
900.	rother Lehm	*furi toi*
	lehnen	*choschibiriiakka*
	lehren	*ibaga*
	der Leib	*nidobaki*
	eine Leiche	*raikiwi*
	leicht	*koschni*
	leihen	*pumma attiwa idun*
	leise reden	*chaugino itaku*
	eine Leiter	*nigari*
	lernen	*ibakaschinu*
910.	lesen, zählen	*pischki*
	der Letzte	*iotta iooschino*
	leuchten	*schiribegennokara*
	Leute	*poronno chigo ogai*
	ein Licht	*rosoku*
	die Liebe	*konoburu*
	lieben	*konoburuwa*
	lieblich	*konoburu*
	ein liebliches Gesicht	*minagani*
	ein Lied	*schnotscha*
920.	liegen	*schine*
	links	*charikiutu*
	linkisch,	*charikimon guru*
	die Lippe	*paru*
	die Lippen, der Mund	*parumbi*
	loben	*uznagari*
	sich loben, prahlen	*tschougai uznagari*
	ein Loch	*iariwaboikoru*
	der Löffel	*parabas*
	losbinden	*pitata*
930.	ein lüderliches Mädchen	*pauzkurubiiu*
	lügen	*schiongi*
	die Luft	*urari, nisch, taschiu*

M

	ich mache	*karuwa*
	machen, thun	*karuiakka*
	ein Mädchen	*matnibu, kanaz*
	ein kleines Mädchen	*matniguru*
	der Mädchenstand	*makiguru*
	mähen	*mooschi, kupapa*
	mästen	*paronno ebiri*
940.	der Magen	*pschi*
	Magenschmerzen	*chuni arika*
	mager	*schattigu guru*
	mager werden	*schiattegu*
	ein Mahl	*aschiui*
	ein anderes Mahl	*tuschiui*
	man kann	*aschukai iwa*
	der Mangel	*chaidawa*
	mangelhaft	*schiron guru*
	der Mann	*chogu*
950.	ein alter Mann	*fuschku*
	eine Mannsperson	*okkai*
	Marder, Zobel	*choino chuina,*
	Marks, Gehirn	*niibi*
	der Mast	*kaiani, iapuguru*
	die Matte, Decke	*iarikischna*

der Maulbeerbaum *tada, tuda*
eine Maus *pon irimo*
das Meer *atui, adui*
das Meer schwillt an *schiroroki*
960. das Meer fällt *schirara*
das Meer ist still *schiriano atui*
die Meerenge *muschiri uturu*
der Meeresboden *fumi*
Meerrettig *kschescheri*
mehr *poronno*
mein *tschoogai, korobi*
ein Meiſsel *nomi*
mengen, vermiſchen *irampui, ogubui*
der Mensch *guru*
970. ein dicker Mensch *nidobaki rui guru*
ein gefährlicher Mensch *iaikischti guru*
ein grober Mensch *nipka schambi zramuschkari*
ein rascher junger Mensch *schiribogo piruka*
ein treuer Mensch *keutomo ogurikoi guru*
ein witziger, scharfsinniger Mensch *iaikischti guru*
die Menschenliebe *aino konoburu*
messen *pagariwa*
ein Messer *magiri*
Meth, gelber *schiunin kane*
980. Meth, rother *furi kane*
miauen, wie eine Katze *zis*
die Milch *too*
mir *tschoogai, otta*
die Miſsgeburt *ſchumu unino anguru*
miſsgönnen *anon iguru piskiwa*
miſsgünstig *anoni guru*
der Mitgenosse einer Gesellschaft *wituruſe*
der Mittag *tanoski ebi, unumani ebi*
um Mittag *tookis*
990. die Mitte *noschkida*

in der Mitte *noschkidaan*
die Mitternacht *annoski*
Mitternacht, Norden *minaschkawa*
mitnehmen, zusammen nehmen *uwegari*
ein hölzerner Mörser, *nischiu*
ein Mohr *terigi igon*
die Moltebeere, Schellbeere *schidaruri*
der Monath *tschukf*
in diesem Monathe *schiukpa*
1000. im künftigen Monathe *imakagiwachidokf tombi*
der Mond scheint *tschupni bogi piruka*
Neumond *peuri tombi*
Vollmond *skunnaski tombi*
ein Morast *nidaz, tenius*
morgen, *nischiatti*
der Morgen *nisas*
jeden Morgen *kesch to kesch to nisas*
Morgen, oder Osten *tschukpagi mauki*
die Morgendämmerung *scheribogeri koroboki, nischutzu*
1010. Morgen- und Abend-Thau *muwaka*
das Moos *schinrusch*
die Motte *kigiri*
die Möwe *masozkapf*
die Mücke *unipf ramutschopki*
die Mühe *monraigi, nidarangi*
sich Mühe geben *monian*
mühsam *iumone*
mürrisch, störrisch *schiramburuři*
der Mund *paru*
1020. den Mund zuhalten *paru seschki*
murmeln, leise reden *chaugino itaku*
muthwillig seyn *schnozki*
die Mutter *chabu, unu*

	der Nabel	*changubui*
	nach und nach	*ponno ponno*
	nach dem Frühstück	*nisasebi ogagita*
	der Nachbar	*anda*
	nachdem, hernach	*ogagita*
	nachforschen	*pirukanunu*
1030.	nachlassen	*ama*
	der Nachmittag	*onomaniebi ogagita*
	die Nachricht	*wegegiri*
	das Nachsetzen, Verfolgen	*noschpa oman*
	die Nacht	*anzkara*
	jede Nacht	*keas guru anzkara*
	die gestrige Nacht	*nuumani unuman*
	die morgende Nacht	*nischatta onoma*
	die halbe Nacht	*annoski*
	des Nachts fahren	*kunni riuschinubai*
1040.	die Nachteule	*fumu*
	der Nachtheil, Verlust	*sonkian*
	die Nachtmütze	*konsi*
	der Nacken	*okkewu*
	nackt	*attuscha*
	das Nadelöhr	*kümi udu*
	näher	*ugauga*
	eine Nähnadel	*küm*
	der Nagel an der Hand oder am Fuſs	*ami*
	der Nagel am Rade, oder Vorſtecker	*schembi*
1050.	nahe	*changinoariki*
	näher	*ruino changinoariki*
	der Nahme	*rii*
	die Nahrung, Speise	*ebi ambi*
	ein Narr	*ramui i schama guru*
	Narrenspossen machen,	*schnozki*
	die Nase	*idu*
	die Nase abwiſchen	*itu piriba*
	die Nasenlöcher	*itobui*
	durch und durch naſs werden,	*pettini ugeri*
1060.	der Nebel	*urariaz*
	neben, nebenbey	*samagida*
	nehmen	*oku*
	das nehmliche	*unegane*
	neidisch, miſsgünstig	*anoni guru*
	nein	*ischama*
	nein nichts	*nipka ischama*
	neu	*aschirambi*
	das neue Jahr	*aschiripa*
	neugierig	*niguna ambi, nüakka konoburu*
1070.	der Neumond	*peuri tombi*
	nicht einerley, nicht gleich	*unino schiômoan*
	nicht einmahl	*afschiu inogairamusch kari*
	nicht Freund	*tugui schiômoniwa*
	nicht genug, nicht viel	*chuida*
	nicht gern, nicht lieb	*schiômo konrus*
	nicht geschwind	*rammaga moiri*
	nicht glatt, nicht eben	*kotschi uwen*
	nicht hinlänglich, mangelhaft	*chaidawa*
1080.	nicht mit Fleiſs	*snotsch schiomokki*
	nicht nöthig	*kotschanna*
	nicht rein, nicht ordentlich	*nookarufumi uwen iramas chiri schiômokka*

3

	nicht so	*tapni schiómoniwa*
	nicht tief	*ugakuwa*
	nicht wahr	*schionno schiómokki*
	nicht wenig	*ponnoiakka ischama*
	nicht zu bemerken	*idariga*
	nicht zu verstehen	*ramui ischama guru*
	nichts	*schiómo*
1090.	ein niederträchtiger Mensch	*tan guru, uschakuzne minaan*
	niedrig	*uramua*
	niedriger	*nauramua*
	niemals	*omanu itunni*
	niemand	*neniniiakka i schama*
	nirgends	*nidaniiakka*
	noch	*schiui*
	noch etwas	*schiui ponno*
	noch nicht	*schiui i schama*
	noch nicht gesehn	*kemi ambi iazraigiri*
1100.	der Norden	*minaschkawa*
	die Noth, das Elend	*uwen ambi*
	nothwendig	*iuwangiwa*
	die Nothwendigkeit	*iuwangiuruschiui*
	Nu! nu!	*ini! ini!*
	Nüſse	*ninomi*
	Cedernüſse	*schukgu*
	nur	*padigi*

O

	Oben	*rikita*
	oder	*schiui*
1110.	den Ofen heitzen	*uwariwa*
	öffnen,	*schiara*
	die Öffnung des Sackes	*schiri kaschke*
	öfter	*kanna schui*
	der Oheim	*atscha*
	ohne Arme	*tegi i schama*
	ohne Fehler	*iaikischti i schama*
	ohne Füſse	*kimaschakkuru*
	ohne Gedächtniſs	*zramuschkari*
	ohne Gefahr	*iaidowari i schama*
1120.	ohne Grund, ohne Boden	*asama i schama*
	ohne Kräfte	*ukiraschaku*
	ohne Schweif	*ottschara schukpiiu*
	die Ohnmacht	*nodokkaru*
	das Ohr	*kischara*
	Ohrenschmerzen	*kschara uwende*
	eine Ohrfeige	*nuturupf*
	das Ohrgehänge	*ninkari*
	ein Ohrlöffel	*kischara poipf*
	der Ort	*kotan kodan*
1130.	Osten	*tschukpagi, maaki*
	die Otter, Fischotter	*ischanani*

P

	ein Paar	*sninien uspi*
	ſich paaren, von Vögeln	*uwoguz*
	das Papier	*kambi*
	der Pelz	*nagazrin*
	die Pest, Epidemie	*terigi igon*
	der Pfahl, Zaunpfahl	*iguschpi*
	pfeifen	*raininucheschi*
	das Pfeifenrohr	*kschiruluman*
1140.	ein kleiner Pfeil	*ai*
	der Pfosten, am Fenster oder an der Thüre	*zetondu*
	der Pfriem	*kim*
	eine Pfütze	*tobu*
	phantasieren	*znita*
	eine Picke, Lanze, Spieſs	*opf, kuu*
	picken, mit dem Schnabel, von Vögeln	*zkanu usch*
	Pilze	*karusi*
	der Platz, Ort	*kotan, kodan*
	platzen, von der Haut	*kanu pe igi*
1150.	plötzlich	*nischapnu*

	die Pocken, Blattern	*chosoigoni*
	pockennarbig	*ikoninuna*
	die Politur, der Glanz	*nebigi*
	pressen, drücken	*riguzinumba*
	probieren, schmecken	*riurischakki*
	der Prophet, Wahrsager	*tuschiu guru*

Q

	die Quacker-Ente	*zibiru kuru*
	quälen	*kimuramuan*
	die Quelle	*nai*
1160.	in die Quere	*schiamazkinu oman*

R

	die Räude, Krätze	*maiagins*
	sich räuspern, speyen	*tupschi*
	ein Rahmen, womit man Fenster, Thüren oder Bilder einfafst	*tschaps*
	der Rand	*oiakf*
	die Raspel	*schiriuschiriukanni*
	rasseln, Lärm machen	*fumian*
	rathen, einen Rath geben	*oguramogura*
	eine Ratze	*irimo*
	rauch	*numaus*
1170.	der Rauch,	*pa. schibuin*
	Toback rauchen	*tambako igu*
	der Rauchtoback	*iguguni tambakko*
	die Rauchtobacksdose	*tambako bi*
	raufen, zupfen, ausreifsen	*aschingi*
	raub	*rü raum*
	das Rauschen, Scharren mit den Füfsen	*chaukgi fumian*
	die schwarze Rauschbeere, Krähenbeere	*churusino*
	rechnen, zählen	*pischui*
	die Rechnungen	*sauniooki*
1180.	die rechte Seite,	*schiumon uturu*
	von der rechten Seite	*roschki*
	die Redlichkeit	*schuno itakku*
	der Regen	*apftu*
	ein kleiner Regen	*pon apftu*
	ein starker Regen	*poru apftu*
	der Regenbogen	*schubaz*
	regnerisches Wetter	*apftu nischioru*
	es regnet	*apftu aschiwa*
	sich regen	*schuweschuwe*
1190.	reiben	*biriba*
	reich	*nischpa*
	der Reif, Frost	*taskuru*
	der Reif, an Tonnen	*nióogi kuz*
	Reife auf Tonnen und Fässer schlagen	*nióogi kuzkundi*
	reif werden	*ziwa*
	in einer Reihe	*uschiamausch*
	rein, ordentlich	*irama schuinunnia*
	reinigen	*piukanosiru*
	einen Fisch reinigen,	*zepf karo*
1200.	reitzen, aufbringen, aufhetzen	*choschkino kunde*
	retten, erretten	*kischimawaukf*
	richten	*chimaimui*
	riechen	*furaan*
	ein Riese	*poro aino*
	die Rinde am Baume	*nii kapu*
	der Ring, am Finger	*mombiz tigongari*
	der Ring, an der Hand	*askibiz tiguronkani*
	die Rippe	*chischubuni*

	das Rohr, das Schilfrohr	*topf*
1210.	rosten, verrosten	*kanebius*
	roth	*furiu*
	roth werden	*nanu furiu*
	rother Lehm	*furitoi*
	der Rotz, Feuchtigkeit aus der Nase	*itubiran*
	ein Ruderer	*zipo guru*
	rudern	*zipowa*
	der Rücken	*seduro*
	rühren	*tegiatti*
	die Ruhe	*rennino*
1220.	der Rumpf	*nidobaki*
	rupfen	*otuwa*
	Rufs, Kienrufs	*obaru*
	ein Russe	*nutscha, furischischam*

S

	eine Sache	*uruschiuschpi*
	sacht	*xaugigno, xaugino*
	ein kleiner Sack	
	die Öffnung des	*nuki*
	Sackes	*murikaschke*
	der Säbel	*imusch*
	säen	*tschari*
1230.	die Säge	*nogo*
	sägen	*tschatscha*
	sämisches Leder	*iuku ruschi*
	ein Säufer	*sagi igu guru*
	säugen	*nunnu*
	die Säure	*schiokkai*
	der Saft	*pei*
	sagen	*idakuiakka, nuriakka*
	die Saite	*kuw-otu*
	das Salz	*schipo*
1240.	salzen	*schipoomari, schipousch*
	Sand	*oda, piigun*
	eine Sandbank	*sazgada*
	satt	*ramui iuma*
	sauer werden	*ponno schiokki kadoan*
	sausen, sumsen, brummen	*fumian* (so heifst ein jeder Klang oder Ton)
	der Schaden	*sonkian*
	schälen, Baumrinde abziehen	*schióshpa*
	schärfen	*ruigi*
	eine hölzerne Schale	*pema, itonopu*
1250.	ein scharfes Gedächtnifs	*unaschinu*
	scharfsinnig	*uturu*
	das Scharren, Rauschen mit den Fufsen	*chaukgi fumian*
	der Schatten	*tschukuriu*
	schaukeln	*moimoi*
	schaudern	*chobimba*
	der Schauer, Fieberfrost	*minuiwa tususchki*
	die Schaufel	*kaschkipu*
	der Schaum	*abu, nii idokuma*
	die Scheide	*saia*
1260.	die Scheitel	*schabakotnius*
	scheitern	*zibi uwendi*
	die Schellbeere, Moltebeere	*schidaruri*
	schelten	*wenuiu uschka*
	schenken	*kondeiukka*
	scheu machen	*scheppa*
	schicken	*uidikuwa omandi*
	schief	*feugiu*
	ein Schiff	*zibi*
	des Schiffes Vordertheil	*nanda*
1270.	des Schiffes Hintertheil	*unda*
	die Schiffsladung	*kuschio*
	die Schildpatte, Schale der Schildkröte	*schiaba*
	das Schilf	*topf*
	dickeres Schilfrohr	*pai*
	der Schimmer	*kumischpi*
	schläfrig	*uwen darapf nenu*
	der Schlaf	*uwen darapf*
	schlafen	*moguru*

1280.	schlagen	*asschionno staigiakka, schtaigüakka, kikuiakka*
	der Schlamm	*raugebenitoi*
	die Schlange	*toko kamoi*
	eine Schlange erstechen	*toko kanoi kfupupa*
	schlecht	*uweni uwen*
	schlechtes Wetter	*schiri uwen*
	schlechter	*schino uwen*
	schleifen	*ruigiu*
	der Schleifstein	*ruii*
	schleppen, nach sich ziehen	*aniwa apkasch, kuruumakua*
1290.	einen Fisch schleppen	*zepf iaidai*
	das Schloss	*dsehoo*
	schlucken	*rugi*
	schlüpfrig, glatt	*raraku*
	schummer	*zinita idakf*
	schmackhaft	*rurisakkiu, kiraan*
	schmal	*naannino*
	schmatzen	*futata, ruuriu*
	schmecken	*riurischakki*
	schmeicheln	*namburu pirika*
1300.	schmeissen	*peiran*
	schmerzen	*arika*
	ein Schmetterling	
	schmieren, beschmieren	*torouschti*
	der Schmutz, Unreinlichkeit des Körpers	*toruus*
	Schmutz im Zimmer	*iuwangiu aigapf*
	schnarrend, beym sprechen	*itukukano uwen*
	eine grofse Schnecke,	*iumbise*
	eine kleinere Schnecke,	*iambise*
	der Schnee	*obas*
1310.	es schneiet	*obas ran*
	schneiden	*nascha*
	Schneiden im Leibe	*chuni arika*
	schnupfen, riechen	*furano*
	schön	*iramascheriu*
	die Schönheit	*scheretogo piruka*
	schöpfen	*nischiu*
	die Schöpfkelle	*kakfumi*
	die Scholle, Batte ein Fisch	*kabarui, schamambi*
	schon	*tere*
1320.	der Schoofs des Kleides	*zinki*
	der Schornstein	*rigurumbuiari*
	schrecken, erschrecken	*chomimba*
	schreyen	*chaoi ischangiwa*
	der Schritt	*kimauri*
	schrittweise gehen, schreiten	*kimauri duroutoimo*
	schütteln, umrühren	*schiuwe schiuwe*
	schütten, streuen	*tschari*
	Schuhe, von Holz	*piraka*
	Schuhe und Strümpfe anziehen	*us*
1330.	eine Schuld, an Gelde	*schiôo*
	die Schuld, das Vergehen	*iaisoroba*
	schuldig befunden	*undakusa guru*
	die Schulter	*tapfka*
	Schuppen, Fischschuppen	*ramram*
	schwach, zerbrechlich	*schiari, siuwendi aino*
	die Schwägerinn	*kosch maz*
	der Schwätzer	*nipka i schama ambi idakuguru*
	der Schwan	*redaziri, tedaziri*
	der Schwanz, Schweif	*ottschari*
1340.	der Fischschwantz	*zepf otschara*

3*

	schwarz	*kunni*
	die schwarze Farbe	*kunnetomu koru*
	eine schwarze, dicke Wolke	*nischiôra uwen*
	die schwarze Rauschbeere, Krähenbeere	*churasino*
	der Schwefel	*iuwau*
	Schwefelstöckchen	*iuwau taz*
	schweigen	*nipka schiômo idakwu*
	der Schweifs	*pofuraigi*
	zum Schweifs geneigt	*pofuraigi gedokf*
1350.	das Schwellen, Brausen des Meeres	*kui*
	schwer	*paschi*
	eine schwere Krankheit	*schnii iupki, chischiai kapf*
	die ältere Schwester,	*schiaa*
	die jüngere Schwester,	*turisch*
	schwimmend	*maa*
	sechs	*schindu*
	See, ein grofser	*to*
	ein kleinerer	*tscheschi*
1360.	der Seebieber	*raku*
	der Seehund	*tukari*
	der Seelöwe	*idaspi*
	das Seewasser	*ruriwaka*
	die Segel	*kaia*
	die Segel auffpannen	*kaia karu*
	die Segel einziehen	*kaia rangi*
	sehen	*nogaro*
	verstolen nach etwas sehen	*fiufinu nugaru*
	das Sehen, das Gesicht	*nugaru*
1370.	sieh hieher	*teoro nugaru*
	sehr hoch	*poronno riika*
	die Seite, Lage, Gegend	*tada, uturu*
	die Seite, die Rippe	*chischumaki*
	die rechte Seite	*schiumon uturu*
	die linke Seite	*chariki uturu*
	auf welcher Seite	*nida uturu*
	auf dieser Seite	*teda uturu*
	auf jener Seite	*ikuschima*
	von der rechten Seite	*schiumou uturu*
1380.	von der linken Seite	*chariki uturu*
	die rechte Seite	*schiri kaschke*
	die unrechte Seite	*schiriboki*
	auf der Seite vom Schiffe	*chozkiu*
	selten	*schiuiuschiui*
	seltsam	*oiamufti*
	sich bücken	*chirarui*
	sich erkälten	*omugi koru*
	sich spuden, eilen	*iaischagangian*
	sicher, zuverläfsig	*ki*
1390.	sie (*femin*)	*tana' mino go*
	sie (*plur*)	*tada anuudari*
	siedend Wafser	*popuambi*
	das Silber	*schirogani*
	singen	*iukgari, schnotschaiakka*
	sinken, untergehen	*rauschimari*
	sitzen	*roku, rokf*
	setz dich	*rokf*
	der Skorbut	*tfchiônniu*
	so sehr, soviel	*niambibukunu*
1400.	so dann	*iguschtakonta oman*
	die Sohle	*oschtagiu*
	der Sohn	*poo*
	sollte es möglich seyn, wäre es möglich	*schionnoga*
	der Sommer	*schiaispa*
	die Sonne	*tschukf kamoi, tolibi*

der Aufgang der Sonne *tschukf asehin*
Sonnen Untergang *tschukf afun, umma*
sorgfältig *munaschino*
spät *moirino*
1410. später *namoirino*
spalten, zerspalten, platzen *periba*
spafsen *snoz*
spatzieren *schinewi*
der Speichel *nun*
Speise, Nahrung *ebi ambi*
der Sperling *iu*
spielen *schnewi, snutzi*
der Spiefs, die Lanze *opf, kuu*
die Spinne *chazkongu*
1420. das Spinnengewebe *chazkonguia*
ein Splitter *ponitschu*
der Spott, Scherz *schnoz*
sprechen *idakuwa*
sprich *idaku*
gesprochen *idakunischa*
springen *terigi, pogi*
springen, über etwas *terigi*
spritzen, befprengen mit dem Munde *fugu*
1430. Spur, Fusstapfen *oman rokoz*
stärken, befestigen *ruinu iupkinu*
stampfen, mit den Füfsen *oterigifimian*
standhaft *ramui muirino ogai guru*
die Standhaftigkeit *ramui muirino*
eine Stange *turi*
stark *iupki*
der Staub *unz pasch pasch*
stechen, erftechen *kubabą*
stechen mit einer Nadel *tschnuwa pusuri*
1440. stehen *roschki*
stehendes Wasser *tobu*
stehlen *ikka, ikkawa*
ein Stein *schioma*
ein Stein unter dem Wasser *schiô*
steinig, steinreich *schioma kotan*
Stelle, Ort *kotan, kodan*
eine Stelle ohne Holz *nii ischama kotan*
stellen *amauwa*
der Stengel *schiinrusch*
1450. sterben *rai*
ein Stern *nodsi*
der Stern im Auge *kunni tama*
das Stichblatt am Degen *scheppa*
die Stiefel *kiro kapkiri*
Stiefel anziehen *kiro wus*
Stiefkinder *sino zriwaku, zibo*
still, unbeantwortet *nipuidakuiakka tschomuramu schima*
die Stille, Ruhe *rambikanu*
die Stimme *chau*
1460. stimmen *afungiu*
stinken *fura uwen iakka*
der Stock *ani nii*
Stockfisch *irigus*
stöhnen, seufzen *numappu*
störrisch, mürrisch *schiramburuṛi*
stofsen, im Mörser *iuda*
stumpf *uturu*
die Strafe *igurambaan*
strafen *zikgunai*
1470. stramm *iupki*
strammer *akkari iupki*
ein Strand, der abhängig ist *kada schma kodan*

	einen Streit hemmen	*idomo idaku*
	der Strick	*tusch*
	das Stroh	*wattes*
	eine Strohhütte	*kaskaro*
	ein abgebrochenes Stück	*uwendiwa igaschimaambi*
	in Stücke zerbrechen	*kai*
	zu Stuhle gehen	*pitschira, oschoma*
1480.	der Stuhlgang	*sii*
	stumm	*schiomu idakf*
	stumpfnasig	*itu schakupe*
	Sturm	*ruiambiriru, pororera*
	der Stutzbart	*riki*
	suchen	*fiara*
	such aus!	*nuungiwa kuru!*
	Süden	*schiumunga*
	süss	*schiauri*
	eine Suppe	*uchau*

T

1490.	der Tag	*too*
	Tag, hell, Licht	*schiribegen*
	Tages Anbruch	*schiribigin kurubugi*
	vor Tages Anbruch	*asribigiri itoguta*
	es wird Tag, der Tag bricht an	*schiribigiriwa*
	es ist schon Tag	*schittonowa*
	alle Tage	*obitta too*
	jeden Tag	*kesch too kesch too*
	der halbe Tag	*tonoschki*
	guten Tag	*iangarapte*
1500.	zwey Tage zurück	*choschkinu mane*
	die Tante	*funarobi*
	der Tanz	*tapkara*
	tanzen	*tapkarawa*
	der Tänzer	*tapkaru guru niwa*
	sich tapfer halten	*irara*
	die Tapferkeit	*keutomo iupki*
	eine Tasse	*idangi*
	eine Thee-Tasse	*schioma idangi*
	die Tauchente	*raru zkapf*
1510.	tauglich	*iuwangi aschkai*
	tauschen	*itaschari*
	ein Teller	*schei*
	ein Teppich, eine Decke	*schiōo karabi*
	der Teufel	*nischni kamoi*
	der Thau	*muniwakku*
	Theer	*rogu*
	theuer	*idainoboru*
	ein wildes Thier	*zironnop*
	wilde Thiere fangen	*zironnop koigi*
1520.	eine Thörinn, Närrinn	*ramui ischama guru*
	die Thräne	*nuubi*
	die Thür - oder Fenster-Pfosten	*iiukfti*
	thun, machen	*karuiakka*
	tief	*ogo*
	der Tischler	*pantscho. ziiskuru pantschu*
	der Tisch	*tondo*
	der Toback	*tambakko*
	Rauchtoback	*iguguni tambakko*
	Toback rauchen	*tambakko igu*
1530.	Tobacksdose	*tambakko bi*
	Tobacks-Geräthschaft	*igu schioma*
	Tobacks-Pfeife	*cherimbu*
	die Tochter	*mazpu, mazenebu*
	ein Todter	*rai*
	todt schiessen	*kuani tschotschkawu*
	mit einem Bogen	*raigi*
	todt schlagen	*raigiiukka*
	der Todtschlag	*raigi*
	toll	*nipka iramuschkari*
	ein Toller, Verrückter	*sikinaku*
1540.	der Ton, Klang	*fumi*
	eine Tonne	*undaru*

	eine kleinere Tonne	*tonschintugu*
	tränken	*iguru*
	tragen	*aniwa apkaschi*
	die Trauer	*nischomapf*
	traurig	*nübakunugoiiura koiaigusch*
	die Treppe, Leiter	*niguri*
	treu	*piruku piruku*
	ein treuer Mensch	*keutomo oguriksi guru*
1550.	trinken	*igu*
	anfangen zu trinken	*ugagida iguwa*
	trocken	*suzki ambi, schna*
	trocknen, eintrocknen	*suzhi, saziwa*
	ein Trog	*nima*
	die Trommel	*kotschu*
	trübes Wasser	*nubkiazi waka*
	ein Trunkenbold	*sagi igu guru*
	ein Trupp, ein Haufen Menschen	*uwatte aino, utari inschi*

U

	Übel	*iunin*
1560.	uber	*terigiu*
	überall	*nidaniiakka*
	übereinstimmend, einig	*keutomo uringa, piruka*
	überführen	*tundsiu*
	überlassen, abtreten	*nimba oman*
	überlegen, bedenken	*iaigadanoia*
	übermorgen	*oiasimi*
	übernachten	*reufchi*
	überreden	*pirukano iringari, unaschke*
	Ueberschwemmung	*roakka kusch*
1570.	überspringen	
	übersteigen, über den Zaun	*tschasi iga oman*
	überwintern	*madariawa*
	überzeugen,	*nugaruwa ogai*
	das Ufer	*schioukaro soida*
	das Ufer des Meeres	*rauda, osama*
	ein abhängiges Ufer	*iada schma kotan*
	umarmen	*tenkuru*
	die Umarmung	*furaan*
	umbringen	*kaiu*
1580.	umdrehen	*chogusch*
	umgraben	*ori*
	umkehren, umwenden	*kiru*
	sich umkehren	*schikirukiru*
	umladen	*poronno kuscha*
	umrühren	*nupkiaz*
	umrütteln, umwenden	*choschibiri*
	umschmeissen, umwerfen	*kapsi numba*
	umsonst	*nipponiku schioômoki ambi, annu*
	der Umstand, die Beschaffenheit	*iniambi*
1590.	umwickeln, aufwickeln	*noiu*
	umzäunen	*tschaschkaru*
	unaufhörlich	*rammakikiôogai*
	unausgeschlossen	*nidagaschiômooman*
	unbarmherzig, hart	*ziunukariga iramuschkari, keutomo ischama*
	ein unbearbeiteter Balken	*mukanino*
	unbesonnen	*waiaschakf*
	unbekannt	*teskaru ischama, uwebigiri ischama*
	undankbar	*iaira igiriga upamuschkari*
	uneben, ungleich, nicht glatt	*pirukano schiômoki*
1600.	uneinig	*kiôotomo uringa schiomoki*
	unerschrocken	*schtoma ischama*
	unerwartet	*schiomoka skarun*

4

unerwartet auf etwas stoſsen	*pawa*
ungehorsam	*nipu idaku iakka chiomokki*
ungerecht	*schiongi*
ungern	*schiomo konrus*
ungesund	*rammaga iguni uschi guru, schiu guru*
Unkraut ausjäten	*monrischpa*
unlängst	*ochonno schiomoki*
1610. unmenschlich	*ianigaainonia*
unordentlich	*keutomo wen guru*
Unordnung	*kato uwen*
unrecht, falsch	*schiongi*
unschuldig	*uwenno schiómokki*
unser	*tschoogai udari*
untauglich	*iuwangi askan iwa*
unter	*sirigida*
der Untergang der Sonne	*tschukf afun, unuma*
unterbrechen, die Rede	*abunno itakku*
1620. untergegangen	*afun*
der Unterhalt	*ebi ambi*
unterrichten	*ibagaschino*
sich unterrichten	*ibaga*
untersagen	*itikkari*
unterscheiden	*nugaiuwa uschiarai*
der Unterschied	*uschinaitiu*
untertauchen	*raru*
unthätig	*nipko nischomap i schama*
unverschämt	*iaischtoma schumukia*
1630. die Unverschämtheit	*iaischtoma ischuma*
ein unverheuratheter Mann	*mazischakkuru*
ein unverheurathetes Mädchen	*chugu schakf menogo*
das Unwetter	*uwen rera*
unwillig, ärgerlich werden	*oschióra*
die Urinblase	*pei*
die Ursache, der Bewegungsgrund	*niwa ambi*

V

der Vater	*chambi*
die venerische Krankheit	*ogamikor*
verändern	*itaschari*
1640. die Veränderung	*niwa ambi*
der Verband	*schna*
verbessern	*pirukano karu*
verbieten	*itikakiu*
das Verbrechen, die Schuld	*iaisoroba*
verbreiten, aussprengen	*nuuri*
verbrennen, von der Sonne	*siuguschkaruwa kunni*
verbürgen	*kudsiaini*
verdecken	*changionokiakka*
verderben	*uwenno karu*
1650. mit Verdruſs	*oschióra ambi*
verdrüſslichmachen	*oschióra*
vereinigen	*schnerai nokki*
das Verfolgen, Nachsetzen	*noschpa oman*
vergessen	*oirawa*
ich habe vergessen	*oira*
vergiessen	*aschuriambi iiumari, oiakuta iiumari*
vergiften	*sioroki ebiri raigi,*
sich vergleichen	*utuiaschkaru*
vergraben	*toi omari*
1660. vergrössern	*poronno itakki*
verheimlichen	*raubigaki, ſchiomonuri*
verheurathet	*chuguko uwa, mazkur*
verhindern	*iramopui*
verirren, sich auf dem Wege	*ruu turaino*
sich verkälten	*omugi koru*
verkaufen	*igukwa*
verletzen	*ariga*

verlieren, fallen lassen .	ischama
verlieren, im Spiel	chaziriwa ischama
670. der Verlust, Schaden	sonkian, sonki
vermiethen	iaiſchara
das Vermiethen	iaiſchara
vermischen, vermengen	irampui ogubui
vermögend, wohlhabend	igorukoro guru
vermuthen	omari
die Vernunft	keutomo piruka
ein vernünftiger Mensch	waiaschino guru
verordnen, befehlen	itakinui
verrosten	kanebius
680. verrückt werden	ramui ſchama
verringern	ponno koru
die Versammlung, Gesellschaft	marafuto
verscharren	tschoogui, uwlgariwa
verschlucken	rugi
verschmitzt, hinterlistig handeln	schiongiki
verschmitztes Vorhaben	uwen niſchomatu
verschwinden	ruuokgiriwa
versengen, absengen	ziri
versichern, vergewissern	schiônno i schiokoru
690. versinken	zibi rauschima
sich verspäten	moiriwa
versprechen	idakinu iwaan
ein verständiger, kluger Mensch	waiaschino guru
verständlich	pirukano iramaanno
unverständlich	ramui iſchama guru
verstehen, was gesprochen wird	kunuwa kuirama anuwa
ich verstehe nicht	nippi idaki iaka, irumuschkari
die Verstopfung, eine Kranckheit	kaminischti
versuchen	schozpi
1700. vertheidigen	kischima
vertheilen	kundi
vertrinken, versaufen	iguwa ogiri
vertrocknen	ponno schaz
verwahr, verſteck es	nuina
Verwandte	schnindari
verweilen, zögern	teri teriu
verweisen, jemanden einen Verweis geben	iuruschkawa
verwunden	piri umari
in Verwunderung setzen	uiamuf[illegible]ambi
1710. verzweifelt	nipponiga schiômoramuguru
die Verzweifelung	nipponiga schiômoramu
der Vetter	atscha
viel	uwatti
viele Menschen	uwatte aino
ein Vielfraſs	poronno ebi guru
vielleicht	neinanguruwa
der Vogel	zkapf
das Volk	aino udari
vollkommen	poroganiu
1720. von aussen	rikita
von dort	iguschiwunu
von hier	tewanu
von wem	nenikurumana
von der rechten Seite	schiomon utaru
von der linken Seite	chariki utaru
vor Tages Anbruch	aribigiri itoguta
vor 12 Uhr, vor dem halben Tage	too gatf itoguta
vor diesem	choschkeno tambi
vor zwey Jahren	choschki sakini
1730. voraus weggehen	choschkino oman

	vorbey	*oiakita*
	das Vordertheil des Schiffes	*nanda*
	ein Vorgebürge	*schiri ido*
	Vorgesetzte, Befehlshaber, Vornehme	*ottona*
	vorgestern	*choschkinu umani*
	vorhängen	*atti*
	vorher	*choschkeno*
	die vorige Nacht	*nuumani unuman*
	in vorigen Zeiten	*fiuschkune*
1740.	der Vorrath	*rüariwa*
	das Vorraths-Haus, die Niederlage	*puu*
	vorschieben, vorsetzen	*nebigi ugau*
	vorsetzlich	*schnoz*
	der Vorstecker, oder Nagel am Rade	*schembi*

W

	die Waaren	*zsióki*
	wachsen	*schugupf*
	die Waden	*chotonin*
	wälzen, rollen	*karakasi*
	wäre es möglich?	*schiônnoga?*
1750.	wahr, die Wahrheit	*schionno*
	ist das auch wahr?	*tappini anna anguru?*
	ein Wahrsager	*tuschiu guru*
	die Wahrsagerkunst	*tuschiu*
	die Waise	*unaschakpi*
	der Wald	*zkiurini*
	ein kleiner Wald	*aninii*
	das Wallen des Meeres	*kui*
	der Wallfisch	*fumbe*
	das Wallfischfett	*fumbi kiu*
1760.	der Wamme	*tuscha schakf imi*
	wann?	*chembara?*
	warm	*scheschif*
	wärmen	*abikundi*
	eine Warze	*maiaigius*
	die Warze an der Brust	*to*
	warten	*teriogai*
	warum?	*nigonda*
	was?	*chimanda*
	was bedeutet das?	*nini unneriia*
1770.	sich waschen	*furai*
	das Wasser	*waka*
	stehendes Wasser	*tobu*
	heisses Wasser	*scheschikka*
	kochendes Wasser	*popzambi*
	trübes Wasser	*nupkiazi waka*
	mit Wasser sich über und über begiessen	*iaifurai*
	ein Wasserfall	*abaru*
	ein wasserloser Platz	*waka ischama kotan*
	weben	*schtaigi, atuschi afschki*
1780.	die Weberkämme	*katuri*
	das Weberschiffchen	*afungini*
	wecken	*musosu*
	weg, fort	*uiakuftaan*
	der Weg	*ruu*
	einen Weg mit Holz brücken	*idaschióokaru*
	aus dem Wege gehen	*oiakutaan, schamagidaan*
	voraus weggehen	*choschkino oman*
	wegjagen	*zischti*
	wegnehmen	*chidobochoschibiri*
1790.	wegrudern	*zpooman*
	ein Weib	*mazi*
	die Weiberbrust	*to*
	weich	*chaburu*
	der Wein	*kamoi sagi*
	weinen	*zisiwa*
	weise	*chugambawa*
	weisen, zeigen	*itschgaschino*
	die Weisheit	*chugamba*

1800.	weiſs	teduri
	das Weisse im Auge	tedari tama
	weit, von weitem	toima
	weiter	toima kotan
	welches? wer?	niwa ambi?
	welcher von beyden?	tupu anna niwa ambi?
	die Wellen	kui
	die Bewegung der Wellen nach dem Sturm	riri
	die Welt	begirischiam
	in dieser Welt	schiam
	das Ende der Welt	oinkſuta ſchiribigiri
1810.	den Hals wenden,	reguds kiru
	wenig	chimbaguniiakka
	wer?	nen?
	werfen, schmeissen	uschióra
	Anker werfen	kaida iama
	der Werth	adai
	werthschätzen	tupnikiiakka
	Westen, Abend	tschupf kes
	das Wetter	choſchkiteri
1820.	stilles Wetter	chaugo rera
	regnerisches Wetter	apſtu nischióru
	schlechtes Wetter	schiri uwen
	gutes Wetter	piruka nidoan, schiri piruka
	nasses Wetter mit Schneegestöber	ruuwen
	wie? auf welche Art?	niptana?
	wie? was?	nipponeia?
	wie geschwinde?	niota?
	wie lange her?	chimanda kuſchuochonno oguiia?
	wie oft?	chimanda nipschiui schiui?
1830.	wie viel?	chimbaguno?
	wie weit?	chimanda toima?
	wieder, wiederum	kanna
	wieder abgeben	chosibiriu
	wiederholen	toschiui nuuri
	wieder zurückkommen	chosibiwa
	wilde Thiere fangen	zironnop koigi
	der Wind	rera
	starker Wind, Sturm	poro rera
	widriger Wind	uwen rera
1840.	der Winkel, die Ecke	schikkiu
	winken	tekiſchi baraboru
	winken, von sich	kobanura
	winken, zu sich	tegi baraboru
	der Winter	madapa
	der Winter ist vorbey	mada ogeriwa
	überwintern	madapiawa
	der Wirth	zisekoru guru
	die Wirthinn	zisekoru minogo
	wissen	oneriwa ogai
1850.	ich weiſs	niku
	die Woche	aruwan to
	wofern, wenn	ikkiaschkai kumbiniiakiniiu
	wofür?	nipponia, niptaba?
	woher?	niwa?
	wohin?	nida oman?
	wohlbeleibt	kiibi
	wohlfeil	adai chaugi
	wohlhabend	igorukoru guru
	eine Wohlthat	piruka nokaru
1860.	ein Wolf	uschi kamoi
	die Wolken	urari, nischi kuru
	eine schwarze Wolke	nischióra uwen
	die Wolle	numu
	von Wolle	numaniwa
	womit?	nipponia?
	das Wort	idakku
	mit einem Worte	schneudakki
	gefällige Worte	kiudomo koschini

4ª

	ich wünsche	*konriusch*
1870.	eine Wunde	*piri*
	wozu?	*nigonda?*
	ein Wunder	*uiamufu ti*
	wunderbar	*wiamokutiwa*
	ein Wurm	*kschigiri*

Z

	Zählen	*piſchki*
	die Zähne	*nimaki*
	Zahnschmerzen	*nimakikai*
	ein Zänker	*ogoiki konoburu*
	eine Zange	*pazin*
1880.	der Zank	*ugoigiu*
	ſich zanken	*iruschka itakki, ugoigi iakka*
	ein Zauberer	*tuschiu guru*
	der Zaun, die Umzäunung	*toi*
	über den Zaun steigen	*tschasi igaoman*
	der Zaunpfahl	*iguschpi*
	umzäunen	*tschaſchkaru*
	ein umzäuntes Haus	*tschaſchi uturuta*
	Zeichen geben	*tehiſch paruboru*
	der Zeigefinger	*ututan aſkibitz*
1890.	zeigen	*nugandi*
	zu der Zeit	*niuruta*
	keine Zeit, nie	*muni iupki*
	in vorigen Zeiten	*fiuſchkane*
	zeitig, reif	*ziba, ewiaschkai*
	zerbeissen	*kupapawa piriba*
	zerbrechen	*kai*
	zerhauen	*obittano tui*
	zerreiben	*fumba*
	zerreissen	*nascha*
1900.	zerschneiden	*nokgano fumba*
	zerspalten,	*peiba*
	zertreten	*tschoogai uwigariwa*
	eine Ziege	*iiukſti*
	eine wilde Ziege	*iiukf*
	ziehen, schleppen	*iuba, aniwa apkasch, kuruu makua*
	zittern, beben	*tosioschki*
	der Zobel	*choino, chuino,*
	zögern	*teri teriu*
	ein Zuber	*nitusch*
1910.	zürnen,	*iruſchka*
	zufrieren	*munui*
	zuhalten, den Mund	*paru seschki*
	zukleben	*kotokka*
	zulange wo verweilen	*ogonno roku*
	zum voraus	*choschkino oman*
	zunächst, neben	*tutanno*
	der Zunder	*iburuku*
	die Zunge	*au, barumbi*
	zurückhalten	*kischima*
1920.	zurückkehren, zurückgeben	*chosibiriu*
	zusammen	*schniriai*
	die Zusammenkunft, Gesellschaft	*marafuto*
	zusammenraffen	*uwegari*
	zuschliessen, zumachen	*portukaru, kaschiſeschki*
	zuschneiden, Kleider	*koru imi*
	zuspunden ein Fass	*seski*
	zustopfen, zupfropfen	*scheschki*
	zuverlässig, sicher	*ki*
	zuwerfen, eine Grube	*muni anuwa*
1930.	zwacken, reissen, rupfen	*atuwa*
	der Zweig, Ast	*chom nischiri,*
	zwey Tage zurück	*choschkino mane*
	die Zwiebel	*membiro*
	zwingen	*kutschankuruga akkari*

Zahlwörter.

Eins	ſchnepf	
Zwey	tup	
Drey	repf	
Vier	inipf	
Fünf	aſchiki, aſchikinipf	
Sechs	juwambi	
Sieben	aruwambi	
Acht	tubiſchambi	
Neun	ſchnebiſchambi	
Zehn	wambi	
Eilf	ſchnepu i gaſchima wambi	
Zwölf	tupu i gaſchima wambi	
Dreyzehn	repu i gaſchima wambi	
Vierzehn	inipu	⎫
Funfzehn	aſchikinipa	⎪ i ga-
Sechzehn	juwambi	⎬ ſchima
Siebzehn	aruwambi	⎪ wambi
Achtzehn	tubiſchambi	⎪
Neunzehn	ſchnebiſchambi	⎭
Zwanzig	ſchnechoz, choz	
Ein und zwanzig	ſchnepu i gaſchima choz	
Zwey und zwanzig	tupu i gaſchima choz	
Dreyſsig	wambi idochoz	
Ein und dreyſsig	ſchnepu i gaſchima wambi idochoz	
Vierzig	tochoz	
Ein und vierzig	ſchnepu i gaſchima tochoz	
Funfzig	wambi irichoz	
Ein und funfzig	ſchnepu i gaſchima wambi irichoz	
Sechzig	rechoz	
Ein und ſechzig	ſchnepu i gaſchima rechoz	
Siebenzig	wambi inichoz	
Ein und ſiebenzig	ſchnepu i gaſchima wambi inichoz	
Achtzig	inichoz	
Ein und achtzig	ſchnepu i gaſchima inichoz	
Neunzig	wambi aſchikinichoz	

Ein und neunzig	ſchnepu i gaſchima wambi aſchikinichoz
Hundert	aſchikinichoz
Hundert und eins	ſchnepu i gaſchima aſchikinichoz
Hundert und zehn	wambi juwanochoz
Hundert und zwanzig	juwano choz
Hundert und dreyſsig	wambi aruwanochoz
Hundert und vierzig	aruwano choz
Hundert und funfzig	wambi tubiſchano choz
Hundert und ſechzig	tabiſchano choz
Hundert und ſiebzig	wambi ſchnebiſchano choz
Hundert und achtzig	ſchnebiſchano choz
Hundert und neunzig	wambi ſchnewano choz
Zweyhundert	ſchnewano choz
Dreyhundert	aſchikinichoz i gaſchima ſchnewano choz
Vierhundert	toſchnewano choz
Fünfhundert	aſchikinichoz i gaſchima toſchnewano choz
Sechshundert	reſchiniwano choz
Siebenhundert	aſchikinichoz i gaſchima reſchiniwano choz
Achthundert	iniſchiniwano choz
Neunhundert	aſchikinichoz i gaſchima iniſchiniwano choz
Tauſend	aſchikini ſchinewano choz
Zweytauſend	wanu ſchinewanó choz

II.

WÖRTERSAMMLUNG

AUS DER SPRACHE

DER TSCHUKTSCHEN.

		I.	II.
	A		
der Abend	*rüb - ga*	*intlwakatah*	*wulkulwui*
die Abendröthe	*icgigaguaga*	—	—
abhauen	*abiihlagun*	—	—
abnehmen, wegnehmen	*tüün*	—	—
die Ader	*iwalju*	—	—
ein alter Mann	*nanibuak*	—	—
eine alte Frau	*anelkak*	—	—
ſich anziehen	*kamgilela*	—	—
der Arbeiter	*jukalnijak*	—	—
arm	*akljumak*	—	—
die Aſche	*gagi*	—	—
der Athem	*pükachtuna*	—	—
aufmuntern	*malachtko*	—	—
das Auge	*üh*	*iik*	*lillet*
der Augapfel	*kügautok*	—	—
die Augenbraunen	*wallamäk*	*chablutt*	*rilgut*
die Augenwimpern	*komgojak*	*kamghajet*	*lillargüd*
ausgieſsen	*kuwigu*	—	—
ausruhen	*mannuktuga*	—	—
	B		
ſich baden	*gagi*	—	—
die Backe	*ijako*	*utliinhik*	*hüllpüd*
der Bär	*kainga*	*akliak*	*keingin*
ſich balgen	*tuumgagna*	—	—
der Bart	*tamljutuman*	*uika*	*walkalörgüd*
der Bauch	*akſchcka*	*aktſchacgchka*	*nankün*
der Baum	*unachtſchik*	*unächtſchhek*	*utuut*
die Beeren	*paungak*	*akulilchak*	*wunelgin*
das Beil	*kalkalima*	*kalchapak*	*algatta*
der Bekannte	*imſäka*	—	—
die Beleidigung	*abangitok*	—	—
benachrichtigen	*umipagagalkin*	—	—
der Berg	*naigak*	*ingrit*	*neit*
berühren	*tuulähun*	—	—
der Betrüger	*jekleak tok*	—	—
der Beutel	*kuiſſu*	—	—
die Birke	*jekachta*	—	—
bitter	*kakü - chtok*	—	—
die Blaſe	*akſcheka*	—	—

			I.	II.
	das Blut	*aüku*	*auka*	*mullimul*
40.	der Boden	*agilunok*	—	—
	böſe	*umiuachtuk*	—	—
	böſe werden	*umijak*	—	—
	der Bogen	*olebok*	*tſchaikak*	*ritt*
	das Boot	*agnigak*	*hangjak*	*hättwut*
	ein kleineres Boot	*kajak*	*chajak*	*endahättwut*
	der Bräutigam	*igauck*	—	—
	brechen, erbrechen	*kaſchijek*	—	—
	bringe her	*amanglugun*	—	—
	der Bruder	*kamgojak*	*anechluktik*	*itſchawitumgin*
50.	die Bruſt	*tſchaküjak*	*tſchainka*	*maiſcho*
	die Bruſtwarze	*mamak*	—	—
	der Buſch	*timka*	—	—

D

	der Dachs	*pektok tſchega*	—	—
	dick	*makachtu*	—	—
	der Dieb	*tüil - lügag*	*tingillingachta*	*tullachi*
	diebiſch	*tügliglaja*	—	—
	dies	*unä*	—	—
	der Donner	*neptſchug*	*katlüchta*	*urgirgerkin*
	drücken, zerdrücken	*uliuchu*	—	—
60.	du	*jeipük*	*awulpuk*	*gürr*
	dünne, fein	*amitok, okilaaktok*	*awitachta*	*nütkün*
	der Dunſt	*puigk*	*apjukut*	*chauweiſcharkin*

E

	das Eingeweide	*kiſchk*	—	—
	das Eis	*i - l - likuk*	*tſchikuta*	*tintin*
	der Ehebruch	*uiugleakin*	—	—
	eilen	*makuak*	—	—
	der Ellenbogen	*ikuik*	*ikuichka*	*kirwuetta*
	der Enkel	*kagüjak*	—	—
	er	*tanä*	*tana*	*inkhan*
70.	die Erde	*nunnä*	*nuna*	*nutenut*
	erſtechen	*kuukaligun*	—	—
	es iſt	*kiachton*	—	—
	eſſen	*nga*	—	—

	F	I.	II.
Fahre nicht	akoleakanean	—	—
falſch	jekleak-tok, um-ju-ach tuk	—	—
faul	ektschanitaktuk	—	—
fechten, kriegen	tſchuup kutok	—	—
die Feder	tſchiljuk	tſchullü	ting
die Ferſe	kütnik	—	—
80. das Fett	mitſchek	—	—
das Wallfiſchfett	ukuk	—	—
das Feuer	annak	eknük	milgimil
der Feuerſtahl	anachtſchach	—	—
der Finger	taibano	aihanka	rillgit
der Fiſch	ſsaljuk	ikahlük	enna
das Fiſchbein	tſchukak	—	—
das Fleiſch	naka	kümüka	türgütür
mit Fleiſs	tſchatſchuluku	—	—
der Floh	uigagag	—	—
90. der Flügel	tſchaljuk	—	—
der Fluſs	kiuk	kuigütt	weijem
flüſtern	kaſicho	—	—
fort! vorwärts!	tſchuka ljutik	—	—
fort! hinaus!	anaaniluk	—	—
fortjagen	kallägo	—	—
die Frau	aganach	—	—
die Freiheit	umüach - pütſchun	—	—
der Freund	illäka	eghubaha	inagliä
freundlich, lieblich	illiakkaitanatok	—	—
100. der Froſt	tſchapachnak	—	—
früh, des Morgens	unän - uluku, unänok	—	—
der Frühling	pochlachta	anchtoha	niwlewrugui
der Fuchs	kobek	kawülguräh	rekokalgin
fühlen	tuuleakun	—	—
furchtſam	amintäk	—	—
der Fuſs	iguk	i - uchka	hüttkalnin
die Fuſsbekleidung	kamgüt	kamgük	pläket
die Fuſsſohle	atunach	—	—
	G		
Gähnen	agüitagach	etauchta	wangillatä

			I.	II.
110.	die Gans	*lach - läch*	*eitut*	*eitut*
	der Gaſt	*ahülkuk*	—	—
	gebären	*amuo*	*erüneng*	*kügmügetje*
	gefällig, höflich	*iläka - itanaton*	—	—
	der Gefangene	*neach pach*	*lèghak*	*amuli*
	gehen	*agul.gulta*	*auliachlük*	*mnüllchüt*
	gehe weg! packe dich fort!	*tſchagnan*	*taï*	*kord*
	das Gehirn, Mark	*pattak*	—	—
	der Gehülfe	*iläkakawana*	—	—
	die Gemſe	*peuk*	—	—
	das Genicke	*tunutſchuk*	—	—
120.	das Geſchirr, Geräthe	*kajutak*	—	—
	das Geſchrey	*kuèk*	—	—
	geſchwinde	*tſchukaliutak*	*uniongok*	*inä*
	das Geſchwür	*aniguak*	—	—
	der Geſtank	*anaanikut*	—	—
	geſtern	*akuak*	*intlibak*	*aiwo*
	gieb	*annak*	*tunni*	*chülgin*
	die Glasperlen	*tſchuakalta*	—	—
	glatt, rein	*itainagtok*	—	—
130.	Gott	*iſtlä*	*aghat*	*engeng*
	das Gras	*wük*	*ewuk*	*wehei*
	groſs	*kaaguk*	*nümejenkin*	*nümejenkin*
	der Groſsvater	*apakaka*	—	—
	die Groſsmutter	*anaitſchak*	—	—
	die Grube	*nunnä*	*läluk*	*ergili*
	der Grund, Boden	*agdlunok*	—	—
	der Gürtel	*taptſchi*	*tapsſchi*	*irit*
	die Gurgel	*igliak*	—	—
	gut	*itainoktok*	*mátſchinka*	*màtſchinka*

H

140.	die Haare	*nujak*	*nüjet*	*kürwüt*
	der Hacken	*kitiik*	—	—
	der Hagel	*kannik*	*tſchikutaurachta*	*eteinge*
	der Hammer	*kalk·lima*	—	—
	der Haſe	*ulägak*	*ukairach*	*milüt*
	die Haut	*nakka*	*amik*	*gülgin*
	eine Herde Pferde	*kuinek*	—	—
	heiſs	*uuchnaktok, pochlachtua*	—	—

			I.	II.
	herausnehmen	amugu	—	—
	hier	guani	wanni	wutku
150.	der Himmel	küiläk	keilak	jing
	der Hintere	tiik	—	—
	die Höhe	takok	iikiichtuk	niwukchun
	die Höhle	ruchta	—	—
	das Horn	tſcheonok	tſchirunok	ritten
	die Hoſen	kalübak, kutlik	—	—
	die Hütte	mantaak	ennit	eranga
	hungrig	igatachtok	—	—
		J		
	Ja	a - a	i	i
	das Jahr	ajumiko	aipagni	hiut
160.	jagen	maliktju	—	—
	ich	wanga	wii	güm
	ihm	emganiu	—	—
	ihr	elpetſchi	aulpitſchi	turri
	es iſt	kijachton	—	—
	jung	lukalpijak	atſchik	oratſchik
		K		
	die Kälte	tſchapchiinak	ninglichtu	tſchachtſchangerkin
	kalt	nanjukatok	—	—
	kauen	tamalakun	—	—
	kaufen	tok wiiko	—	—
170.	die Kehle	igläk	jaak	pilgin
	der Keſſel	kolmi	kuliimtſcha	kukenga
	das Kind	tannogach	mikiſchkak	kminga
	die Kinnbacken	kutanitok	—	—
	die Klauen	iſchtuk	—	—
	klug	itainatok	umjuachtuk	neitepchiin
	das Knie	tſchii - ſchkok	tſchirkuka	ngralnin
	kochen	gagé	ghäſſi	kuitik
	der Kopf	naſchko	naskok	leut
	die Krähe	metachlu	—	—
180.	krank	wonkuta - akneakuk		
	das Kreutz, im Rücken	kukak	—	—
	kriechen	ukpenat	—	—
	der Krieg	pilluak	tſchugat	rinnolett
	krieg führen	tſchuup - kutok	—	—

			I.	II.
	das Krummholz, zum Anſpann	*kargo*	—	—
	künftiges Jahr	*ajumiko*	—	—
	küſſen	*tſchigagläkin*	—	—
		L		
	Lachen	*nünlä*	*nliachtu*	*tengeurkin*
	die Ladung, Tracht	*akmak*	—	—
190.	die Länge	*taakuk*	—	—
	längſt	*ajumsko*	—	—
	laufen	*kiii - ma - gá*	*achmät*	*chärkillä*
	die Laus	*kummak*	—	—
	lege dich nieder	*inachtün*	—	—
	lernen	*apko*	—	—
	leicht	*kamagläk*	*ukiijachtuk*	*nikuglakei*
	Lieder ſingen	*ileaga*	—	—
	liegen	*inäch - läga*	*inachtuk*	*charetſchholli*
	linker Hand	*tſchagomik*	—	—
200.	die Lippen	*tſchuupak-küſchek*	*tſchuudun*	*wemilki*
	das Loch	*kaimok*	*chülpänuk*	*patürgin*
	der Löffel	*tſchagok - alkutok*	—	—
	der Lügner	*ik - l - inächtuk*	—	—
	die Lunge	*kamagleak*	—	—
	luſtig	*kakoakuinachtok*	—	—
		M		
	Machen, thun	*ulimaläkun*	—	—
	das Mädchen	*aganagach*	*nuliachtſchak*	*newitſchail*
	der Mann, Ehemann	*igaúk, luka*	*uika*	*ojachulſch*
	die Mannsperſon	*jugut*	—	—
210.	das Meer	*mok*	*imak*	*angka*
	der Meerbuſen	*tuut - tuga*	—	—
	mein	*kuanga*	—	—
	der Menſch	*juk*	*juk*	*chlaull*
	das Meſſer	*tſchepiak*	*ſchebüja*	*walia*
	mich	*wagamnun*	—	—
	Mittag	*kukachta*	—	—
	Mitternacht	*unuok*	—	—
	der Mond	*tankük*	*irallük*	*geilgin*
	das Moos	*ugagach*	—	—

			I.	II.
220.	Morgen, Often	*tſchekennok peitok*	—	—
	die Morgenröthe	*iechla*	*kaklun*	*tingerkin*
	morgen	*unnako*	*unniok*	*ergàtik*
	die Mücke	*muinagok*	*mren*	*mren*
	die Mütze	*atſchapura*	*keeli*	*pàngken*

N

			I.	II.
	der Nabel	*kalkatſchik*	—	—
	der Nachbar	*kontugani*	—	—
	die Nacht	*unnjuk*	*unümkukoni*	*nkita*
	der Nacken	*tunutſchuk*	—	—
	nackt	*matauiiok*	—	—
230.	die Nadel	*tſchikok*	—	—
	die Nadelbüchſe	*ulmük*	—	—
	nähen	*kukio*	—	—
	der Nagel, am Finger	*iſchtuk*	*ſetunka*	*wägütt*
	nahe	*kuntagani*	*chuntachtu*	*tſchumchlſcha*
	die Naſe	*taitük*	*chünga*	*jachchaja*
	die Naſenlöcher	*küngak*	*chüngak*	*hängüwillgin*
	der Nebel	*taituk*	*teluk*	*gingei*
	neben	*kontagan-i*	—	—
	neulich, vor kurzem	*tſchukalutin*	*tſchiwulün*	*hättol*
240.	nicht viel	*mikichtſchagan*	—	—
	nieſen	*akutſchjek*	*tagiga*	*chatſchaglia*
	nimm	*tuugu*	*tiguliaku*	*treiminim*
	noch, ferner	*tſchali*	—	—
	Norden	*anjuka*	*nighak*	*keralgin*
	die Noth	*akluga*	—	—

O

			I.	II.
	das Oberkleid	*makak*	—	—
	der Oberſte, Vorgeſetzte	*umiläk*	—	—
	der Oheim	*annaka*	—	—
	die Ohren	*tſchintak*	*tſchiſtuchk*	*wilüt*
250.	das Opfer	*milukochtachluk*	—	—
	Osten	*tſchaklinogpeitok*	*matſchaiwachtu*	*tirkinini*
	die Otter	*pektok-tſchega*	—	—

6

P

			I.	II.
	der Pfeil	*chook*	*chutt*	*miakam*
	plündern	*matajatno*	—	—

R

			I.	II.
	der Rabe	*metachlu*	*metachluk*	*wellïa*
	der Rauch	*tuigok*	—	—
	reden	*akuſhi*	*kanachtak*	*inneinmitſchergin*
	der Regen	*neptſchuk*	*imagnachta*	*roili*
	das Regenwetter	*anjuchatuk*	—	—
260.	reich	*aklugilguk*	—	—
	das Rennthier	*kuinek*	—	—
	riechen	*naukäkun*	*kachügha*	*chaiwüttinga*
	der Riemen	*topchak*	—	—
	der Ring	*kunkantſchegargin*	—	—
	roth	*kakluk*	*kawachtuk*	*nitſchelkachen*
	das Ruder	*amgaun*	—	—
	rudern	*niputſchg*	—	—
	der Rücken	*akſchak*	*kulichka*	*käptün*
	das Rückgrat	*naigag*	—	—

S

			I.	II.
270.	Sättigen	*magläga*	—	—
	der Sand	*kannak*	*kaujak*	*tſchigei*
	das Schaf	*penek*	*apniak*	*tikep*
	ſchärfen	*ipichtſchago*	—	—
	ſcharf	*ipechtok*	*ipochtok*	*nirwukin*
	ſchaudern	*kutaga*	—	—
	die Schelle	*tſchaujak*	—	—
	ſchelten	*ogleütka*	—	—
	ſchieſsen	*pitſchigtſchigach*	—	—
	ſchlecht	*tſchallak*	—	—
280.	ſchleifen	*walämnägo*	—	—
	der Schleifſtein	*akſchetumak*	—	—
	es ſchmerzt	*akchlektuna*	*tſchajekach*	*nütülchün*
	der Schmetterling	*analtſchkak*	—	—
	der Schmutz	*aniak*	—	—
	der Schnee	*annu*	*anighu*	*ellell*
	ſchnell	*maknak, tſchakaljutan*	—	—
	die Schuld, Schuldigkeit	*tukwigaga*	—	—

			I.	II.
	die Schulter	*tujuk*	*tuichka*	*rilpäd*
	der Schwan	*kuk*	—	—
290.	eine ſchwangere Frau	*akſchetaman*	—	—
	ſchweben	*atailſchak*	—	—
	die Schweſter	*najaka*	*najahak*	*tſchakygylſch*
	der Schwiegerſohn	*nüngauak*	—	—
	ich ſehe	*ſchkaa - ka*	—	—
	ſehen	*jeſchkapoa*	*ſ - chahu*	*chüitt*
	es iſt nicht zu ſehen	*ſchchau wittaka*	—	—
	ſeicht	*okitaaktok*	—	—
	ſein, ſeiner	*jelgan*	—	—
	die Seite	*tullimem*	—	—
300.	ſetze dich!	*akumi.*	—	—
	ſeyn	*anaulakén*	—	—
	ſingen	*iläga*	*atuchtuk*	*ehtipengerkin*
	der Sohn	*jegnaka*	*rinaka*	*ekuk*
	der Sommer	*küiga*	*kegmü*	*clek*
	die Sonne	*ſchekènak*	*matſchak*	*tirkitir*
	ſpät	*jegübgan*	—	—
	ſpielen	*nägagalla*	—	—
	ſpucken	*kaſchisp*	—	—
310.	ſtehlen	*tigliganga*	—	—
	der Stein	*uigach*	*uigam*	*wugun*
	der Steinhaſe	*tſchikin*	—	—
	die Sterne	*igalgetak*	*iralikatach*	*engerenger*
	die Stiefeln	*kamguk*	—	—
	die Stirne	*kauok*	*kawak*	*kürdſhel*
	der Strauch	*tümka*	—	—
	das Stück	*nakachamoi*	—	—
	ſtumm	*naljuk*	—	—
	der Sturm	*techtok*	—	—

T

	Tabak rauchen	*tawa kalänga*	—	—
320.	der Tag	*gannak*	*aghünak*	*liongot*
	tapfer	*iknäkuk*	—	—
	taub	*tutſchigatuk*	—	—
	tauchen	*anliuktok*	—	—
	der Teufel	*kaimok*	—	—
	der Morgen-Thau	*jechta*	} *litell*	} *litell*
	der Abend-Thau	*jegüigauaga*		

			I.	II.
	thun, machen	*ulimameakun*	—	—
	die Tiefe	*jechtok*	*ulüpkiha*	*nümkchan*
	die Tochter	*panika*	*pannika*	*neuvekuk*
330.	todt	*tokok*	—	—
	tragen	*amanglugun*	—	—
	trinken	*magleaga*	*emagli*	*migutſchia*
	trinke aus	*mluchu*	—	—
	der Tropfen	*ukluktaga*	—	—
		U		
	Übermorgen	*unäko*	—	—
	umarmen	*nan klinatok*	—	—
	ungeſchickt	*lügü ago*	—	—
	der Unrath	*annak*	—	—
	unſichtbar	*schſchanwitakka*	—	—
	unterrichten	*apko*	—	—
340.	untertauchen	*antjuktok*	—	—
	uns	*waikunjuk*	—	—
	unſere	*waikuta*	—	—
	unverheurathet	*nulachitok*	—	—
	die Unwahrheit	*eklenachtok*	—	—
	der Urin	*ochnä*	—	—
	der Urſprung eines Fluſſes	*kiwug*	—	—
		V		
	der Vater	*atta*	*ataka*	*illigin*
	vergeſſen	*pougaki*	—	—
350	ſich verheurathen	*jelüchtulaga*	—	—
	verlieren	*iplach*	—	—
	verſichern	*umüpagagankin*	—	—
	verſtändig	*itainatok*	—	—
	ſich vertheidigen	*teuluaga*	—	—
	die Verwandte	*iläka*	—	—
	der Vetter	*annaka*	—	—
	viel	*ulachtok*	—	—
	das Volk, die Nation	*i - l - jankuk*	—	—
	voraus, vorwärts	*maijachka*	—	—
360.	das Vorgebirge	*najekak*	—	—
	der Vorgeſetzte	*umilik*	—	—
	vorſätzlich, abſichtlich	*tſchaguluku*	—	—

W

		I.	II.
die Wade	*itli - o - k*	—	—
es ift nicht wahr	*eklenachtok*	—	—
der Wald	*kuchtumak*	—	—
der Wallfifch	*agobok*	*abuk*	*reau*
wann?	*kakun*	*kambak*	*tita*
was?	*tfchagui*	*tfchunia*	*tiagnut*
warten, erwarten	*utakaläga*	—	—
das Waffer	*mok*	*emak*	*mimil*
warte	*wuin*	—	—
der Weg	*tumel*	—	—
wegfahren	*ulak läga*	—	—
wegjagen	*umülgago*	—	—
das Weib	*agnach*	*nulliak*	*näuwan*
die Weide	*kuinek*	—	—
weinen	*konüngé*	*kia*	*terngatirkin*
weifs	*katulgè*	*kachtfchuchtuk*	*niljachün*
weit, von weitem	*ujawani*	*tatako*	*javo*
welcher?	*künälua*	—	—
die Wellen	*imachliuk*	*kenguchta*	*eïlfchi*
wenig	*mukiichtfohagach*	—	—
werden	*tachtfchau*	—	—
Weften	*tübl - chtok*	*atfchiwakatachtu*	*terkütütwü*
wie?	*nabuk*	*nattina*	*minkri*
wie ift er?	*kajugam*	—	—
der Wille	*umjuach - pütfchun*	—	—
willft du?	*tfchaikuga*	—	—
der Winter	*uktfchok*	*ukfumi*	*lagläugkä*
wir	*wankuta*	*wangkuta*	*muri*
wo?	*nanni*	*na*	*emmi*
der Wolf	*amma*	*keilunak*	*hinga*
die Wolke	*külägüga*	*keilak*	*jeäijak*
die Wolle	*meltfchko*	—	—

Z

		I.	II.
die Zähne	*gutük*	*wuttinka*	*rüttüntä*
das Zahnfleifch	*kutanütok*	—	—
der Zauberer	*alinächtok*	—	—
zerfchneiden	*abugtugo*	—	—
die Zunge	*ul - lju*	*ulliu*	*gül*
die Zwibel	*olebok*	—	—

6*

			I.	II.
	die Ruſſen	*Läljuramkit*	—	—
	die Koräcken	*Kailik*	—	—
	die Tſchucktſchen	*Tuinä*	—	—

Zahlwörter.

			I.	II.
	eins	*ataſchek*	*attaſhlik*	*innen*
	zwey	*malgok*	*malguch*	*neriach*
	drey	*pigajut*	*pingaju*	*ngroch*
	vier	*iſchtamat*	*iſtäma*	*ngrach*
	fünf	*tallimat*	*tachlima*	*mylningä*
	ſechs	*ſsewinläk*	*atalſchimagligin*	*naamyligin*
410.	ſieben	*malguk*	*malgukaveil*	*ni inchmyligin*
	acht	*pigajunju*	*pingaju*	*angrolkin*
	neun	*aghin - lik*	*ſtamma*	*chonatſchinki*
	zehn	*kullä*	*kuile*	*myngyke*

III.

WÖRTERSAMMLUNG

AUS DER SPRACHE

DER KOLJUSCHEN.

A	Dawydow	I.	II.	III.	IV.	V.
der Adler	*tſchaak*	*tſchaak - a*	*tſchak*	—	*tſchakii*	—
das Auge	*chawak*	*kawak*	*kawwak*	*kamak*	*kagok*	*kawak*
B						
der Bär	*chutſch*	*chuutz*	*chuutz*	—	*chutz*	—
der Baum	*tljugu*	*tlächaiguktlike*	—	*aaſsi*	—	*aſs*
die Bay, Bucht	*kseich*	*k - ei*	*kei*	—	—	—
der Bekannte	*tſchitliok-chaſsäiſsu-ka*	—	—	—	—	—
der Biber	*juchtſchi*	*juchtſche*	*juchtſch*	—	*jcchozo*	—
viele Biber	*ſsägütün juchtſchi*	—	—	—	—	—
ein Biber-ſchwanz	*juchskitlü*	—	—	—	—	—
blau	*tollo*	*zuguächatte*	—	*zujachgete*	—	*ſsuu*
die Bleykugel	*unatutütli*	*unnatut-ege*	—	—	*atagoiſſü*	—
böſe, erzürnt	*tlekotl kükao-tü tlinkit*	*chansat-e*	—	—	—	—
böſe werden	*kantu gannuk*	*chann*		—	—	—
der Bogen	*ſjaks*	*atta*	*ſsaks*	—	—	*ſsachs*
das Boot	*tſchal*	*tſchakkoch*	*jaku*		*toſchü*	—
die Brandung	*tlit*	—	—	—	—	—
der Bruder	*achonoch*	*achaik*	*achchonoch*	—	*achliika*	—
die Bütte, ein Fiſch	*tſchatl*	—	—	—	—	—
D						
die Daunen	*kotl*	—	—	—	—	—
der Dieb	*taúzatli*	—	*atnúzate*	—	—	—
du	*weje*	*ua-é*	*wa-jé*	*maé*	—	—
dunkel	*kautſchikel*	*koutſchik-et*	*kaútſchikit*	—	*kogotſchaglüt*	—
E						
das Eichhörnchen	*zelkan*	—	—	—	—	—
das Eis	*tiıck*	*kakak*	—	—	—	—
das Eiſen	*kajets*	*aies*	*kaijes*	*kajes*	*kiſisk*	*kkiiſs*
das Elenthier	*ziisku*	—	—	—	—	—
die Ente	*kaachu*	*kach*	*kauchu*	—	*kich*	—

7

		I.	II.	III.	IV.	V.
die Erdbeere	ſsióku	—	—	—	—	—
die Erde, das Land	tlin kitaannü	tlekkak	ſlinkütaáni	tlatka	ſchü	tlachku, tka
die Erle	küskis	—	—	—	—	—
eſſen	chagüanu	atch - a	chcha	—	chatchanü	—
die Eule	zijeko	—	—	—	—	—
das Ey	kot	kott - a	kwoto	—	—	kot
F						
Fahre fort	negekoch	—	—	—	—	—
fahre vor	atekon nagekoch	—	—	—	—	—
das Fahrzeug	an	an	—	—	itt	—
die Farbe	chetü	eltag-e	—	—	tlük	—
das Farnkraut	kotlch	—	—	—	—	—
die Federn	tako	—	taù	—	—	—
das Fett	üch	eëch	—	—	—	—
das Feuer	kan	kchan	chaan	chaan	kan	kchan
die Finger	achkuſsü	katlek	katlek	—	katläch	—
der Fiſch	chat	chaat	chat	—	chat	—
die Fiſchotter	kuſta	kuſchta	kuſchta	—	—	—
das Fleiſch	tligi	—	—	—	tlügi	—
der Fluſs	in-tak	chgingachkakatta	chatiin	—	—	—
ein kleiner Fluſs	ín-naku-u	—	—	—	—	—
der Fluſsbiber	ſpüitü	—	—	—	—	—
die Frau	achlchſet	achſchat	ſchawwot	—	achchoch	tuſchat
eine alte Frau	ſsän	tſchagutſchannaku	utüſchſchen	—	—	—
der Freund	achekawu	—	—	—	—	—
die Füſse	ikuſs	kagoſs	kachuſs	kakchos	kagüſs	kakchos
G						
die Gans	taagok	taagok	—	—	kakant	—
der Gefangene	ſsäwüt kooch	—	—	—	—	—
gehe fort	a-te-te	—	kuſchte, gaakaku	—	itanoko	—
das Geſchrey	naip	—	—	—	—	—
das Geſicht	igga	kaga	—	kaga	—	—
geſund	tlekotli gannak	k-ketkozute	klechachljuniku	kakawele	—	—

		I.	II.	III.	IV.	V.
biſt du geſund?	wejechaskiwſhet?	—	—	—	—	—
getödtet	nlogetſchok	tſchatkatakokakoch	tſchakute	—	—	—
das Gewehr	una	unna	—	—	unna	tſchunet
gieb	ateï	achtſchitté	achtſchütè	—	—	—
die Glasperlen	kagut	kokostakoſſechtſchage	—	—	kogüſt	—
das Gras	tſchuukon	tſchuuk-an	tſchuukwan	—	kin	—
der Groſsvater	illiko	acheiſchtueiſch	—	—	—	—
grün, grüne Farbe	nechentok-jechetü	etlechſsütte	nüchüntüjachente	iknatſchk	—	zohl
gut	eke	gekk-e, gekaüge	tuakè	jadkèè	gekkü	—

H

		I.	II.	III.	IV.	V.
die Haare	achſsächàu	ſchachagu	kofchachaù	ſchagaaju	tichagu	ſchachaugu
die Hände	achtſchin	katin	katſchin	katſchin	kitjun	kadſhi
der Hammer	ſsenchwawi	aigs-takl	—	—	tinchagü	—
ein kleiner Hammer	chutta	—	—	—	—	—
der Haſe	kach	kach	—	—	kach	—
die Heidelbeere	kanata	künnät-ta	kanetta	—	—	—
heiſs	getta	tlächatuggut-a	—	attah	kügota, tüagü	kuatta, ättah
hell	kiwaá	kaigo-a	utükaan	—	küia	—
das Hermelin	ta	—	taa	—	taa	—
die Himbeere	tleko	tleéku	kleaku	—	—	—
der Himmel	kiiwa	guſs	chadz	ki	kügoo	ki
der Hirſch	wotzich	tſchennu	taw-je	—	azuch	—
höre	kejezaach	egauch-tſchi	—	—	—	—
das Holz	ken	kan	—	—	—	—
der Hund	ketl	ketl	kejekl	käll	ketl	ketl
der Hut	ſchtſchachu	kuskekanzag	ſsaachwa	—	ſsach	ſsachu

I

		I.	II.	III.	IV.	V.
Ja	agu	aa	—	aú	—	aú
ich	chat	chat-tu	chattá	chat	—	chchat
die Jnſel	káat	kchatakuſsan	—	—	—	—
die Johannisbeere	ſschäch	ſcháach	—	—	—	—

		I.	II.	III.	IV.	V.
K						
Kalt	*ſséat*	*koſsüalla*	*kuſſaat*	*kuſſiat*	*küſſaato*	*kyſſiad*
der Kamm	*chlüto*	—	—	—	*chüntu*	—
der Kaſten	*kóuk*	*kóuk*	—	—	*kok*	—
der Keſſel	*kontl*	*kottl*	—	—	—	—
die Kinder	*togotki*	*küzanniga-tteche*	*tukonegi*	*tukkanera*	—	—
der Knabe	*getluk*	*atkigezk-u*	*gattaku*	—	—	—
komm	*aku*	*akku*	*kuſchtè*	—	—	—
komm her	*aku-te*	*akku*	*atkun kege-kut*	*aku*	*akü*	*akku*
der Kopf	*achſsän*	*achſcha*	*aſchagi*	*koſchah*	*kiſſägi*	*kaſcha*
krank	*ganniuk*	*gannjuuku*	*ganiku*	*ganiku*	—	*ganniku*
der Krebs	*naaku*	*zgau, kaal*	—	—	—	—
der Krieg	*kka-aka*	—	—	—	—	—
das Kupfer	*ik*	*ekenatſche*	*jesk*	—	*knatu*	—
L						
Lachen	*alſsiók*	*atſchiuk*	—	—	—	—
der Lachs	*kwask*	—	—	—	—	—
die Lanze	*tſchakatl*	—	*zaakatl*	—	*kotlju*	*koll*
lebe wohl!	*tc-kuski*	*kuſchtankak-uite*	*tekuſchki*	—	—	—
der Leib	*achik*	*kaiju*	*kaiju*	*kadſhu*	*kaju*	*kaaſhu*
der Lerchen-baum	*gen*	—	*gan*	—	—	—
ich liebe dich	*achtü waſſeku chet weo*	*ichſachan (ich liebe)*	—	—	*sſachan*	—
der Löffel	*ſseltl*	*ſchetll*	*ſchelch*	—	—	*ſchall*
M						
das Mädchen	*ſsäawit*	*ſchagutte*	*ſchawwot*	—	*ſsägot*	—
ein junges Mädchen	*tſchaglijeju kutſchetli ſsäawit*	*ſchaakt*	*ſchaakt*	—	—	—
liebes Mädchen!	*ſsäkt*	—	—	—	—	—
ſchönes Mädchen!	*tlech-tlech eke ſsäwüt*	—	—	—	—	—
ein ſchönes Mädchen	*jukke ſsäwüt*	—	—	—	—	—

		I.	II.	III.	IV.	V.
ein häſsliches Mädchen	*tlek-kljuske ſsawüt*	—	—	—	—	—
der Mann	*ka*	*akkoch*	—	*ka*	*ka, kagu*	*ka, tochog*
ein junger Mann	*chwa*	—	—	—	—	—
ein alter Mann	*utüſſen-ka*	*tan, tläkokug-o*	—	—	—	—
der Mantel	*kúu*	—	—	—	—	—
der Maſt	*kitlägas*	*annik-aſſe*	—	—	—	—
das Meer	*etl*	*etl*	*teiké*	—	*ech*	—
der Meerbuſen	*ſsit*	—	*aa*	—	—	—
das Meerſchwein	*tſchitſch*	—	—	—	—	—
ein guter Menſch	*kükaotüjut tlinkit*	—	*tſchakleich (der Menſch)*	*ka*	*klingüt (der Menſch)*	*ka, chinkin (der Menſch)*
ein ſchlechter Menſch	*tlekotl kükaotü tlinkit*	—	—	—	—	—
das Meſſer	*tlitta*	*klitta*	—	—	*kültai*	*tllitta*
der Mittag	*gendü*	—	—	—	—	—
die Mowe	*kitlätü*	—	*keklätü*	—	*ketültü*	—
die Moltebeere, gelbe Himbeere	*néikon*	*nekunjuwa*	—	—	—	—
der Mond	*tüſs*	*tiſs*	*tüſs*	*tiſs*	*tiſs*	*tiſs*
der Mund	*achke*	*kuch-eta*	*kak-je*	*katá*	*kacha*	*kaata*
die Mutter	*achtlä*	*attli*	*akli*	*tutlá*	*achatli*	*tutla*

N

die Nacht	*cha anna*	*koutſchiküt, chligoatte*	*taat*	*táat*	*tat*	*taat*
die Nadel	*ta-aketl*	*taakatl*	—	—	*tikalt*	—
nahe	*tleka-tljunatli*	*tachanna*	—	—	—	—
der Narr	*tlaakuski*	*kekl-okuſchke*	*kehle-akuſchké*	—	*tljukaſchka*	—
nein	*tlek*	*tleek*	—	—	—	—
Norden	*chun*	—	—	—	—	—

O

die Ohren	*achkuk*	*kaakuk*	*kakuk*	*kakuk*	*kakuk*	*kaakuku*
Oſten	*ſsáulachet*	—	—	—	—	—

7*

		I.	II.	III.	IV.	V.
P						
die Pappel	*tok*	—	*toku*	—	—	—
der Pfeil	*ata*	*atta*	*tſchunet*	—	—	—
ein kleiner Pfeil	*tſchunnit*	—	—	—	—	—
das Pulver	*una tukennü*	*unnatokonni*	—	—	—	—
R						
der Rabe	*elültl*	*jèel*	*jelſs*	—	—	—
der Rauch	*tſchick*	—	—	—	—	—
reden	*jukaten*	*juchatten*	—	—	—	—
der Regen	*jsiú*	*ſsiggu*	*ſsüwwá*	—	*ſsügo*	—
reiſse!	*nechaſs*	—	—	—	—	—
rieche!	*isnüch*	—	—	—	—	—
der Ring	*tläk kaniſs*	*tlächkakiſs*	—	—	—	—
der Rock	*kuttez*	*kanna-ate*	*kuutotzt*	—	*kügaſs*	*kechas*
roth	*kan*		*chanachjete*	*chan*	—	*ſseku*
die rothe Farbe	*kaane-chetü*	*chane chate*				
das Ruder	*acha*	*achcha*	*achcha*	—	—	—
der Rücken	*tutek*	*achſsükig-i*	—	—	*kaſükachü*	—
S						
die Sandbank	*llin*	*uenna*	—	—	—	—
Schade!	*gek-ſsikeſè*	*akunnächtagotte*	—	—	—	—
das Schaf	*tſchansp,ua*	—	—	*tſchan*	*tſchanügo*	*tſchanu*
die Schale, das Gefäſs	*zik*	*ſsük, nukzük*	*zük*	—	*ſsükch*	—
die Scheere	*kaſſecheſſe*	*kaſchlichaſcha*	—	—	—	—
ich ſchenke	*itſchitü-tachanü*	—	—	—	—	—
ſchieſsen	*atúun*	*unn, natliun*	—	—	*atun*	—
ſchlafen	*natapoje*	*t-a, tagatajen*	*nattá*	—	*chatchüta*	—
ſchlecht	*tlek kljuſchki*	*tlekljuſchk-e*	—	*kekljuſchka*	*kiakliſchka*	*kekljuſchka*
der Schnee	*tlet*	*tléet*	*klèit*	—	*tlunt*	—
ſchnell	*tſchajuk*	*tſchüjuk-u*	*tſchajuku*	—	—	—
der Schnupftobak	*achlitutſch*	*kantſchi*	—	—	—	—
das Schnupftuch	*nachlja*	*nechtl*	—	—	*naltlju*	*nattà*

		I.	II.	III.	IV.	V.
die Schuhe	kan	tülli	—	—	—	—
der Schwan	koktl	kokl	—	—	kokol	—
ſchwarz, die ſchwarze Farbe	tutſche-chetü	tutſchichette	tutſchagjete	toluſchi	—	tuutſch
die Schweſter	achtläk	achkik	achkläk	—	achlitoch	—
ſchweige!	itekell	taſchſché	—	—	—	—
der See	a	a	aaká	—	—	—
der Seebär	kon	—	—	—	—	—
die Segel	tläakujach	ſsüſſa	—	—	tſchitatlichi	—
ſiehe!	tletün	tlet-tin	—	—	—	—
ſinge!	atkaſſi	—	atkaſchi	—	—	—
ſetze dich!	kanuu	—	kannu	—	—	—
der Sohn	achgit	achügit-te	—	—	achüit	tugit
der Sommer	kutaan	kottan	kutaan	—	—	—
die Sonne	kakan	kakkan	kakkaan	kakkaan	kakan	kakkan
der Spiegel	tuuach-kajettin	tunach-kagduten	—	—	tłna kagikütü	tagachchaatutün
ſprich!	kenennük	chandetan	—	—	—	—
ſtehe auf!	ſsänüu	—	kitán	—	ſchennü	—
der Stein	te	te	te	—	ttec	—
ein ſtarker Mann	ltli-tſchinka	—	chlizün	—	chlizün	—
ſterben	ganannan	kokonna	ieenna	kachtutſchak	—	—
die Sterne	kutchanaga	kotchannaga	kutachanagá	kotchnäh	katchoinaga	kotchonnaa, kotchna
der Stockfiſch	tſchak	tzaak-a	—	—	—	—
der Stör	kat	—	—	—	—	—
ſuch!	okoltl	—	—	—	—	—

T

der Tag	kejuwaja	ekküge	kejéa	jakée	ekügi	jak gi
die Tanne	uſs	—	aaſs	—	—	—
tanze!	negetlech	anatlech	atlech	—	—	—
tief	in tlin	kattlän	—	—	—	—
die Tochter	achſsüi	achſsi	—	—	achſsik	tuſſik
todt	nauna	tun-na	klechtſchak	—	—	—
der Toback	kantſch	kantſchü	—	—	—	kantſcha
trinken	in-chitu	inchatuguga	itauna	—	chitiki	—

	I.	II.	III.	IV.	V.	
Ü						
Übel	*chatuchletis*	*tüsklufchka*	—	—	—	—
das Überkleid	*kannatia*	—	*kuutozt*	*kannatla*	*künaat*	—
V						
der Vater	*is*	*ach-rifch*	*kaifch*	*tugüfch*	*achais*	*tugifch*
viel	*fsägetegin*	*fchügittigen*	—	—	—	—
das Volk, die Nation	*kogan*	—	—	—	—	—
W						
der Wallfifch	*jagg*	*jaggeatlageg-e*	*jaaga*	—	—	—
das Waffer	*in*	*chgin*	*iin*	*jin*	*in*	*in, jin*
weinen	*kach*	*koch*	*kaach*	—	—	—
weifs, weiffe Farbe	*tlejete, chetü*	*tlachtletechate*	*klet jachjete*	—	—	*kliu*
weit, entfernt	*náatlè*	*tlechakunatle*	—	—	—	—
wenig	*kuwatfch*	*tejegukuatle*	—	—	—	—
fchönes Wetter	*eke kiltfcha*	—	—	—	—	—
fchlechtes Wetter	*tlek kljufchki kiltfcha*	—	—	—	—	—
ich will	*waga, chatuawa*	*chattuguga*	*chtla achtuate*	—	*chigoga*	—
der Wind	*kiltfcha*	*kenaken*	*külchtfcha*	—	*külfchtfcha*	—
der Winter	*taaku*	—	*taaku*	—	—	—
die Wohnung	*an*	—	*git*	—	*an*	—
der Wolf	*koutfch*	—	—	—	*koutfch*	—
die Wolke	*kukwaz*	*tlingitane*	—	—	—	—
die Wolle, Haare der Thiere	*acha*	*kuck*	—	—	—	—
der Wurffpiefs	*kotlä*	—	—	—	—	—

Z		I.	II.	III.	IV.	V.
die Zähne	*achju*	*kaoch*	*kaúuch*	*kaoch*	*kaacha*	*kaúch*
das Zinn	*kouk*	—	—	—	*küch*	—
der Zobel	*kuch*	—	—	—	—	—
die Zunge	*tutljut*	*kach - e*	*katnút*	—	—	—

Zahlwörter.

eins	*tlek*	*tlèek*	*klejck*	*tlähk*	—	*tſchatlegk*
zwey	*tech*	*tech*	*tejech*	*tähch*	—	*tejech*
drey	*nezk*	*neztk - e*	*nozk*	*nask*	—	*nask*
vier	*taakun*	*tach - un*	*takkun*	*taauchu*	—	*taachun*
fünf	*kejetſchin*	*ketſchtſcin*	*kitſchin*	*kütſchin*	—	*kiütſchin*
ſechs	*tachatuuſſju*	*tlet-uſchu*	*ketuſchu*	*klätuſchu*	—	*ketuiſchu*
ſieben	*tletuuſſju* *	*tachate-uſchu*	*tachatouſchu*	*tachutuuſchu*	—	*tachatuiſchu*
acht	*nezkütüiſſju*	*nesket-uſchu*	*nezkatuuſchu*	*askatuuſchu*	—	*naskatuiſchu*
neun	*kuuſſiok*	*kuſchok*	*kuſchak*	*kúſchak*	—	*kuſhaku*
zehn	*ſtchinkat*	*tſchinkat*	*tſchinkaat*	*tſchinkà*	—	*tſchinkat*
zwanzig	*tlejeka*	*tech tſchinkat*	*klejek - ka*	—	—	—
dreyſsig	*tackha*	*nezke tſchinkat*	—	—	—	—

Nahmen einiger Völker.

ein Ruſſe	*Kuskechan*	*Kuskak - an*		—	—	—
ein Kadjaker	*Kajakoan*	—		—	—	—
ein Tſchugatſch	*Kutckoan*	—		—	—	—
ein Kinai	*Tiſnakoan*	—		—	—	—
ein Liſsewsker **	*Tijacha - koan*	—		—	—	—
248. ein Jakutat	*Tlächáüch-koan*	—		—	—	—
ein Awoisk**	*Akaï-koan*	—		—	—	—

(*Koan* oder *Kogan* bedeutet *das Volk.*)

* Hier iſt offenbar eine Verwechſelung vorgegangen; *tletuuſju* bedeutet *ſechs,* und *tachatuuſſju* ſieben.

** Dieſe beyden Völker ſcheinen noch völlig unbekannt; unter den *Liſsewskern* könnte man allenfalls die Bewohner der Fuchsinſeln Liſsjje Oſtrowa (Liſsjje Oſtrowa) verſtehen.

8

IV.

WÖRTERSAMMLUNG

AUS DER SPRACHE

DER KINAI.

	I.	II.	III.
	A		
Abhauen	*ünzätl*	—	*k - izalg*
der Adler	*dallika*	*tallika*	*jukg*
alles, alle	*tanzcho, tajenzko*	*tantſchk - o*	—
eine alte Frau	*kiſſinta*	*kaſchiklſch - a*	—
ein alter Mann	*uſſinta*	*uſchint - a*	—
der Angriff	*ulinant nalliok*	—	—
der Arbeiter	*ten - a*	*cheitnu*	—
arm	*uch*	*aneintän*	*takgul*
der Arm	*ſkona*	*ſchkuina*	*ſchuuna*
aufbinden, losbinden	*kodültjud*	—	—
aufſtehen	*ktan.lzit*	—	—
das Auge	*ſnaga*	*ſchinaga*	*tnaſchaika, * nagak*
die Augenbrauen	*ſkaſutli*	*ſchkasle*	*ſchintuk*
die Augenwimpern	*ſnootullä*	*ſchnooſch*	*ſnoutuza*
	B		
die Backe	*ſchkaſh*	*ſkaſchſch*	*ſchink uuſcha*
das Bad	*ili*	—	*nalli*
ein ſchwarzer Bär	*altuſſi*	*anikta*	*gaikta*
ein rother Bär	*anichta*		
die Beeren	*kenka*	*küka*	*kak - ká*
das Bette	*ſtilá*	*taatl*	*tgaltg*
betrüge mich nicht	*üntſchada genitſchitku*	*chaintſch - it* (betrügen)	—
der See - Bieber	*tupüſs*	*kunuja*	*tokgeſt*
der Fluſs - Bieber	*knuja*	*tokaſchi*	
binden	*nutchalä*	*ſchlechal*	—
die Birke	*tſchukchuja*	—	*tſchukija*
die Birkenrinde	*tſchokchoja*	—	—
die Biſamratte	*tutſchjuta*	—	—
bitter	*tſchogulnek*	*tawolkan*	*kunaltgiſchi*
blau	*okün ilkéi*	*taaltetſche, taltüſchi*	—
die Blaubeere	*zükika*	*küka*	—
der Blitz	*ſsiſbilä*	*nuſchltanita*	—
böſe, aufgebracht	*küznanicha*	*kotſchenatulän*	—
der Bogen	*zülten*	—	*zbaltgan*
ein Boot	*bantü*	*pali*	*kajak*
ein kleines Boot	*kajachwan*	*kajachwak*	*ktzékua*
brechen, erbrechen	*näntwach*	—	—

8*

		I.	II.	III.
	bringen	*ſsjulkat, ſsünukaikkit*	—	—
	der Bruder	*külä*	*ſchanga*	*kalla*
	der ältere Bruder	*agalü*	—	—
40.	die Bruſt	*ſsita*	*ſchita*	—
	die Butte	*ſsügik*	*ſchejek*	—
		D		
	die Daunen	*kluk kajetken*	*kankitſcha*	—
	die Decke	*zla*	*zütta*	*ſchztà*
	der Dieb	*kneſkiſsin*	—	*kah - iſch*
	der Donner	*ktütni*	*kaletatl*	—
	dreiſt	*hotſchutſchenſtik*	*pinikilen*	—
	du	*nan*	*nin*	*n - on, • ee*
	dunkel	*ilchatl*	*chtlitalnen*	*giilchakl*
		E		
	das Eichhörnchen	*leka*	—	—
50.	die Eingeweide	*ſsinzika*	*kàntſchika*	—
	das Eis	*ten*	*eſchtle*	—
	das Eiſen	*ikolije tain*	*tain*	*tai - in, • tigan*
	von Eiſen	*ſsooſs*	—	—
	das Elendthier	*tanakä*	—	—
	die Ente	*agaſslä*	*kakaſchlä*	*kakaaſchla*
	die Erde	*altnen*	*alſslin*	*alſch - lan*
	die Erle	*kankuja*	—	*kanklja*
	ertrinken	*nudalkat*	—	*tgataalnan*
	erzählen	*nuckeilnük*	—	—
60.	eſſen	*taſstſchiu, nlülkat*	*tikülächke*	*kiulch*
	das Ey	*kgaſä*	*ktlaſhtle*	—
		F		
	das Fahrzeug	*aljutak*	*aljutak*	—
	faul	*zkekel niken*	*zdedidniki*	—
	die Feder	*kizä*	—	—
	das Fett	*zintü, tliógit*	*küzünte*	—
	das Feuer	*taſi*	*taſch - i*	*taas - i, • taſi*
	der Fiſch	*tlióka*	*tljuk - a*	—
	die Fiſchreuſen	*kuzäatli*	*kotſchtſchatli*	*kuzageils - je*
	das Fleiſch	*kutſchonna, küzün*	—	—
70.	die Fliege	*külküze*	*tlü*	—
	der Fluſs	*kütnu*	*tagallin*	*katnu*

	I.	II.	III.
die Frau	ſsioó	ſchóo	mook - jelau
der Froſch	nogoja	—	—
der Froſt	ktekchoz	ktekoz	—
der Fuchs	kugwügak, kanjulza	kawogak	kanul'cka
furchtſam	tſchagitſchek	tſchéentſchikto	tſchaitsk
fürchte dich nicht	tſchedidtſchel tſchiku	tſchatſchéeintſchichku	—
der Fuſs	ſkajetlna	ſchkatlna	ſchkatna, * katlna

G

die Gans	nutake	njut	—
der Gefangene	ultſchana	—	—
gelb	kündäskitſsi, tiſchlzägi	kütültenlä	talzagè
geſund	painſilä, tſchlatnu-tſchok	waſchechletniſch	pogallen, * gagné
gieb	ünda	ſchoknelkit	ſchlakangut
gieb mir	ichonda	—	—
die Glasperlen	naaltſchethoja, ſäſskoſskoja	tſchenſchkaſch	—
Gott	nakchtültane	naktaltani	naktellaane
graben	kèkat	—	kukillja
das Gras	kitſchen	kütſchaan	katſchan
der Groſsvater	ajja, jalja	ſchtuktakta	ſha

H

das Haar	ſzügo	ſtſchago	ſzügu, * tlao
der Hammer	kütläſsi	kültſchatli	kokuſchla
die Hand	ſkona	ſchkuına	ſchkuúna
handeln	keukat	—	—
das Baum-Harz	tſchach	—	—
das Berg-Harz	tſchiitükchoſs	—	—
der Heering	kuznakocha	kozün-ak-ocha	—
hell	talkon	taſch-ptſchull	kiizul
heiſs	nagolgoſs	künaal = kach	—
das Hemde	ſsiſsüowa	ljumagak	—
das Hermelin	kaolzina	—	kagolſhena
die Himbeere	kulkaa	holkaa	kulchkaga
der Himmel	jujan	alljuonulchatl	jujan, * jügan
der Hintere	ſskchü	ſchltuje	—
hieher	ſnita	—	—
der Hirſch	pützich	nutſchi	patſchich
die Hitze	kiltiſs	nilkain	—
ich höre	küdüknläſsniſs	kadoktüſchniſch	—

		I.	II.	III.
	ich höre nicht	kudu kutſchju, küdu-küſsuk	ſtſchigackkol	—
	das Holz	zika	tſchika	—
110.	die Hütte	kania	kauk - a	—
	der Hund	tlika, ſskogölo	tlik - a	—
		I		
	ich	ſsil	ſchi	* ſchi
	die Johannisbeeren	nuutgün, ziolnuntlia	nutchin	—
	jung	kitl	kategaſchlin	kutügasalchin
		K		
	kahl.	kozünulkaten	kotſchinuïjukten	—
	kalt	ktekchuz	ſslekuz'	* slchuz
	ich kann nicht	tſchinach	tſchinnach	—
	die Kehle	ſsaka	ſchijakka	—
	das Kind	zkaniken	iſchünnaka	* teilskaſhin
120.	das Kleid	togac, ſtgäika	toch - a	* taga
	die Knochen	zinzju	zzenn	—
	kochen	lätſch	killätſch	—
	der Körper	ſsigiſs	ſchzunna	—
	komm her	uga	untſchaa	chzanültuſch, * un
	der Kopf	aiſſägge	ſchungaje	ſchung - je, * nan'gä
	der Kranich	untatlä	—	—
	krank	geitſchuten, tſchitasni	aſtſchiut	tſchinnach, unza
	der Krieg	tagültſchakün	—	—
	in den Krieg gehen	tutſchkiläne	—	—
130.	die Kronsbeere, Preißelbeere	chükka	chekük - a	—
	kühn	taeültüjen	—	—
	das Kupfer	tſchutſchuna	tſchutſchuna	tſchu - tſchuná
		L		
	lachen	tſchaaglech	tſchantlech	—
	die Lanze	tugiu, taiſchim	—	—
	laufen	uga tülkuſs	anjutuſch	—
	der Leib	ſzjutlä	ſchkokeſch, ſchuwata	ſchbut
	der Lerchenbaum	kalktü	—	—
	lieben	nanaajezjut	parengtſchin	—
	der Löffel	taga	aſchuata	ſspáta

	I.	II.	III.
der Luchs	*kasno*	—	—
du lügſt	*güitſchit*	*tſchinachtu*	*günzüt*
die Luft	*taskütü*	*kiltſchutſch*	* *kis*, *ks*

M.

	I.	II.	III.
das Mädchen	*kisna*	*kiſsün*	*mook - jelan*
ein junges Mädchen	*kiſſenkoja*	*kiſſnükoa*	*kiſſen - kuja*
ein ſchönes	*tügugaitlä*	—	—
ein häſsliches	*zjugolta*	—	—
das Marienglas	*kuzäktü*	*talkoz - e*	—
die Maus	*tlinnaja*	*zuchankli*	—
das Meer	*tükaa roiò nutü*	*nule*	*nulge*
das Meerſchweinchen	*zilwi*	*tſchelju - e*	*kujuſchſchi*
der Menſch	*kochtaana*	*kochtannja*	*tinná*
ein guter Menſch	*tügagütlä*	—	—
ein ſchlechter Menſch	*ziogüchta*	—	—
das Meſſer	*kiſsäki*	*kiſhake*	
Mittag, Süden	*küchkaz*	—	—
die Möwe	*batſch tſchitſchakoja*	*patſchtſchi*	—
die Moltebeere, gelbe Himbeere	*kütlä*	*nketl*	—
der Mond	*tläkaannu*	*tſchan - e*	*ne - je*, * *neéda*
die Mücke	*züch*	*z - ech*	—
der Mund	*ſsüſsäk*	*ſchiaka*	*ſchnaan*, * *wsak*
die Mutter	*anna*	*ſchunkta*	*anná*, * *ana*

N

	I.	II.	III.
die Nacht	*tläk*	*tläk*	*kaak*, * *nuglchat*
naſs	*nokeitläk*	*nuitläk - a*	—
der Nebel	*näniki*	*njunek - e*	—
nein	*kükol*	*kokol*	—
nicht	*kotſcho*	—	—
nichts	*kükcholü*	*kotſchochke*	—
Norden	*zinäni*	—	—

O

	I.	II.	III.
das Oberhaupt, der Vorgeſetzte	*küjaska*	—	—

9

		I.	II.	III.
170.	öffnen	tſchaknelkat	—	—
	die Ohren	ſzoga	ſchtil - u	ſzül - u , * mtſchu
	Oſten	ktultlä	—	—
	die Otter	tachten	tachten	taktchen
	eine kleine Otter	taſchitſcha	—	—
		P		
	die Pappel	aſsni	—	jeſsnü
	die Peterſilie	küntüntli	—	—
	der Pfeil	iſin	nitſchk - a	is - sin
		R		
	ich rede	kanſsäſsä	künnaſchi	—
	rede	küinaſs	uaſchtakkünnaſchi	aznukilnak
180.	der Regen	alkun	ilkın	—
	rein	badkajalzel	taiſchun	—
	riechen	naktutniltuſs	nihtuknaltuſch	—
	roth	tigaltil	tagaltele	tagal - telei
	das Ruder	kaniptü	tazche	kganizté
	der Rücken	ſsinich	ſchinnäka	—
	rufen	muchonſil	—	—
		S		
	Salzig	nutejenüſs	njutindlän	—
	die Sandweide	tundelkii	—	—
	der Sauerampf	kſchi	—	—
190.	ſaugen	létſch	kalt - ek	—
	das Schaf	niotſchi	—	—
	das Schaffleiſch	nugizintü	—	—
	die Schale	nusgi	kakalè	—
	ich ſcherze	iſsu	—	—
	ſcherzen	tſchitſchuuli	neltſchil - ol	—
	ſchicken	untüni	—	—
	ſchieſsen	kteiltesſä	ktaaltalni	—
	ſchlafen	nogagoſtnni, nülteiltak	taldak	—
	ich will ſchlafen	nulziſtaitnü	niſchſchin taldak	—
200.	der Schnee	aſſach	enſhach	aſhſhach
	ſchneiden	kodülzüt	titläangiltuſch	—
	ſchnell	ugaſta	uaſchta	nageilchkit
	die Schnepfe	zekutukalkeſſa	—	—
	der Schütze	tkoſſin, ktelteſſen	—	—

	I.	II.	III.
die Schulter	*ſaſsük*	*ſchtakka*	—
die Schwalbe	*zükinka*	—	—
der Schwan	*kokűſs*	*kokaſch*	—
ſchwarz	*taltan*	*taſchtütaltaſchi*	*taltaſchè*, * *taltas*
die Schwarzbeere	*kanza*	*kantſch-a*	*kaantza*
die Schweſter	*tatſcha*	*ſchutta*	*utalla*
die ältere Schweſter	*utala*	—	—
der Schwiegerſohn	*ſslin*	—	—
der Schwiegervater	*zäaſlun*	—	—
der See	*bon*	*pliin*	*ban*
das Segel	*tugiſs*	*chaon*	—
ſehen	*natláach[illegible]e*	*tüſchtanetlän*	—
ich ſehe nicht	*kutſchju ſuaſchläakije*	—	—
ſieheſt du?	*niintläntu*	—	—
ſich ſetzen	*nizjut*	*talljudinſchut*	*nizut*
der Sohn	*ſsija*	*ſchiuſha*	—
die Sonne	*nii*	*née*	*tſchan-u*, * *nèèd*
der Speichel	*tomm*	—	—
ſtark	*tſchageiſtü*	*naaltaje*	*taltgei*
der Stein	*kalchniki*	*kachlniki*	*kalüknüki*
die Steinbeere	*tſchunza*	—	—
der Steinhaſe	*kniſſä*	*konſchi*	—
der Stern	*ſsin*	*ſchin*	*ſsün*
die Stirne	*ſsäntuch*	*ſchintok*	*ſchintgubunu*
der Stockfiſch	*aktijak*	*atchelk*	—
der Stör	*kojuſſi*	—	—
ſüſs	*ktlilä*, *toolneſs*	*talkan*	—

T

der Tabak	*kütgon*	*pljuſchka*	*kt-una*
Tabak ſchnupfen	*iſsuüch tük tültüſs*	—	—
der Tag	*tſchan*	*tſchanna*	*tſcháan*, * *talkon*
es taget	*kogol zíólä*	—	—
die Tanne	*zütlä*	—	*zpaálla*
der Thee	*ünda*	—	—
der Thon	*takeitline*	*takſchlèka*	—
die Tochter	*ſsezua*	*ſchjutſcha*	—
todt	*tſchitſchok*	*tſchitſchok*	—
tödten	*tſchitnach*	*jekſchaktentlä*	—
getödtet	*tſchitlion*, *tikeitliok*	—	—
trinken	*nütnuu*	*pühlenaktat*	*kitnu*

		I.	II.	III.
	trocken	atnaalkan	analkanè	—
	der Trog	mokali	—	—
	V			
	der Vater	ſtukta	ſchtukt - a	tukta, * tadak
	verkaufen	kchonultatlä	—	—
	was verlangst, forderſt du?	jehatoninſen	—	—
	ich verſtehe es nicht	kozion ſselten	—	—
	der Vetter	uſä	—	—
250.	der Verwandte	ſsitni	—	—
	viel	tünalatoſsa	tinaálta	—
	der Vielfraſs	ztukumütli	—	—
	der Vogel	kakaſsli	kakaſchli	—
	der Vogelbeerbaum	ſkonä	—	—
	W			
	Wahr, wahrhaftig	kludez	koſchiz - e	—
	nicht wahr	chentſchit	udeoztni	—
	der Wald	zxalä	tſchuallja	—
	der Wallfiſch	tatliu	tatlin	—
260.	warm	thünagalgüs	ſsüll	—
	das Waſſer	piltni	pilkné	wülchni, * wilchn
	heiſs Waſſer	nagolüchſsi wültni	—	—
	kalt Waſſer	nagol küzü	—	—
	das Weib	ſsido	ſchóo	mook - jelan
	weiſs	talkéi	taltſchil	* tollkai
	ich weiſs nicht	kusikaleitüſsnü	zunzin	—
	das kann man nicht wiſſen	ſsjun	—	—
	wenig	maaltſchak	naaltſchok	—
	Weſten	ſsuduzini	—	—
	wie heiſseſt du?	ntſchatu iſhükila	—	—
	ich will	ktatlju, zetaſſju	niſchſchin	—
	ich will nicht	kutſchu uztoſſä	zketaſchniſch	—
	der Wind	jutalnon	kanitſchich	—
	wo wohnſt du?	ntatu kajachtana	—	ndach tukûitgan
	die Wohnung	kajach „.‘.	—	—
	der Wolf	tekin	—	—
	die Wolke	kchaſs	k - aſs	—

	I.	II.	III.
die Wolle, Haare von Thieren	*kgjugo*	*kag - o*	—
das Wetter	*talkozit kanizü*	—	—

Z

	I.	II.	III.
80. die Zähne	*ſsakoiſtli*	*ſchiakaſtli*	*ſchrlik-cha, * ſachesdlä*
der Zauberer	*ülchen*	—	*tſchaan - tſchu*
das Zinn	*tain, toga*	—	—
der Zobel	*kzäoſſä*	—	—
die Zunge	*ſzüliö*	*ſzillju*	*ſzü - lju*
zuſchlieſsen	*kajuknelkat*	—	—

9*

	Zahlwörter.	I.	II.	III.
	Eins	zelkeï	zülk - e	zilgtan, * zellkai
	Zwey	lüchu	tech - a	nutna, * techá
	Drey.	tokchke	tok - je	tuk - ge, * tukché
	Vier	tenki	tenk - e	tank - ge, * tinkü
290.	Fünf	zielälo	zkell - lju	zkil - u, * tſchkillu
	Sechs	koſhſsini	koizün - e	kuſhz-nü, * koſchtſchugä
	Sieben	kanzeogi	kanzau - e	kanz-ge-ge, * kantsgiu
	Acht	ltakolli	ltakall - e	ltakil-ge, * tokollä
	Neun	lchezetcho	ilkaitſchet - cho	lküzütchu, * kratzetc
	Zehn	koljuſhun	kljuſhun	kljuſhun, * kluſhú
	Eilf	zelkoiktü	kljuſhun - zülk - e	—
	Zwölf	tüchaoktü	— tech - a	—
	Dreyzehn	tokajuktü	— tok - e	—
	Vierzehn	tinkeochſstü	— tenk - e	—
300.	Funfzehn	zeliòoktü	— zkellju	—
	Sechszehn	kulzünoktü	— koizün - e	—
	Siebzehn	kanzaioltü	— kanzau - e	—
	Achtzehn	ltakaliòktü	— ltakull - e	—
	Neunzehn	lkazechtoktü	— ilkaitſchetcho	—
	Zwanzig	zeliòolna	zülchatna	zülchatna
	Dreyſsig	tätchuljuſhun	—	ſchut kljuſhun
	Vierzig	teſch - kuläſhun	—	tanſh
	Funfzig	zkelio	—	zkil - u
	Sechzig	kuſs	—	kuſhz
310.	Siebzig	kanzioo	—	kunkegog
	Achtzig	ltakol - kuläſhun	—	—
	Neunzig	ezitko	—	—
	Hundert	otaoſslän	tgáſtljun	

Nahmen einiger Völker.

	Ruſsen	Kaſächtan
	Kadjaker	Ulztſch - na
	Tschugatſchen	Tatlächtana
	Bewohner der Kupferinſel	Otnochtana
	Koljuſchen	Toſch kolioſchoch
	Bewohner der Fuchsinſeln	Tachejuna
320.	Bewohner von Aläkſa	Nijeſchach - itina.

DRUCKFEHLER.

S. III. Z. 3. ſtatt *Hernn* lis *Herrn*
— — — — — *Reſanoff* — *Reſanoff*
— — — 11. — *Offizire* — *Offiziere*
— — — 4. — *Kamtſhadalen* — *Kamtſchadalen*
— — — 5. — *gewenen* — *geweſenen*
— 2. — 9. — *reit - zen* — *rei - zen*
— — — 4. v. u. *weiſſe* — *Weiſſe*
— — — 3. v. u. *dìe* — *die*
— 5. — 3. r. u. *pſropfen* — *pfropfen*
— 14. — 31. — *Mteh* — *Meth*
— 18. — 17. — *Kienrnſs* — *Kienruſs*
— 19. — 25. — fehlt bey dem Worte *Schmetterling* die Bedeutung in der *Ainos*-Sprache, *Kshigir*, womit alle Inſekten bezeichnet werden.
— 21. — 32. — *Fuſstapfen* — *Fuſsſtapfen*
— 24. — 32. — *Unverſchäm - theit* — *Unverſchämt - heit*
— 37. — 1. v. u. *krieg führen* — *Krieg führen*
— 44. — 2. — *Koräckeu* — *Koräcken*
— 52. — 27. — *Scheere* — *Schere*
— 55. — 2. v. u. muſs *Liſsije Oſtrowa* einmahl weggeſtrichen werden
— 59. — 24. und 25. ſtatt *Bieber* lies *Biber*.

Zeitfracht Medien GmbH
Ferdinand-Jühlke-Straße 7
99095 Erfurt, Deutschland
produktsicherheit@kolibri360.de